瑞蘭國際

瑞蘭國際

 瑞蘭國際

一點就通！

我的第一堂日語作文課

淡江大學日文系教授

曾秋桂博士、落合由治博士　著

快樂寫日語作文，只要願意，
相信明天一定會更好！

常見到大學一、二年級名列前茅的學生，到了大三突然消失在人群當中，遍尋不著蹤跡。

因為日文中有漢字，所以初級日文的學習，其實難不倒台灣人。初學者大多可以輕鬆地應付過關，順利學習日文。但是，來到大三的階段，如果不改變學習方式，面對接下來難度加深的大三課程，往往就會遇到瓶頸、倍感壓力、力不從心、感到氣餒、甚至自我放棄。在我的教學生涯中，這樣的學生人數還真不少，也實在看太多了。

這幾年，我常常思索著學生在學習上到底出了什麼問題，因而發現學生學習方法出了以下幾種具體的狀況：1.漢字只用眼睛看，不用腦筋背熟，也不開口說出。這影響到解讀、會話、口譯的課程，大大地降低學習效能。2.片斷式的學習方法。這使得讀本課歸讀本課、語法課歸語法課、作文課歸作文課，三者之間缺乏連貫，實力也因此顯現不出來。3.碰到類義語時全依賴母語學習。因此喪失分辨同質性較高的日語語彙間的敏感度。4.忽略日文基本句型的重要性。這使得學習者無法準確掌握日文句型的意思。任憑任何人，光是看上面所列的學習盲點，一定也會認為這樣方式的學習，當然效果不佳。

多年來陪著學生，從「吸收的課程」，之後進階到「表達的課程」之一的「日文習作（二）」（大學日文系三年級必修課程），我早已放棄讓學生一味

練習寫日文的方式了。因為經驗讓我發現，老師再怎麼拚命修改學生的文章、再怎麼讓學生多次練習寫作文，學生錯的地方還是一樣，寫出來的一樣還是中文式的日語作文，進步等同龜速。如果不複習文法概念、不提醒分辨類義語、不了解句子基本結構的重要性，學生還是會用中文的方式來寫作日語作文，永遠無法進步。

慶幸的是，在嘗試這套新的教學方式後，學生在日語寫作上有了長足的進步。而當中，最引以為傲的是，這套教學方式啟動了學生不怕寫錯，即使用字遣詞不恰當、文法不適宜，也有極高的意願用日文來表達內心的想法。

有感於此，我把多年的教學經驗集結成書，就是這一本《一點就通！我的第一堂日語作文課》。相信這本書，必能對習寫日語作文者的盲點，一一對症下藥，幫助學習者早日渡過難關，快樂寫作日文！只要願意下功夫學習，相信明天一定會更好！

淡江大學日文系教授

曾秋桂

於淡水漁人碼頭

2012年08月28日

ひと味違った作文力を身につけよう

　台湾で日本語を教えるようになってから、今まで担当してきた科目の一つは中級作文（日文習作（二））です。私の日本語作文に関する教職の経験は、ちょうど日本語作文教育の過渡期と重なっています。日本語教育が始まったばかりの1980年代から1990年代は、既習の単語と文型を組み合わせて文にし、それを重ねてテーマに合った内容の作文を仕上げるという形で、指導が行われていました。こうした文法積み上げ形式の作文は文型の練習にはよいのですが、自分の関心のある内容を書きたいと思っても、既習の単語と文型を組み合わせていくと、予測していた内容との落差が大きく、何をどんな順番で書けばいいのかという文章全体の組み立ても難しく、日本語として読みやすい作文に仕上げるには問題が多くありました。

　その後、場面に合わせ自分の表現意図に応じて表現を選択することで、自然な話しことばや書きことばになるというコミュニカティブ・アプローチ（場面中心表現指導）が日本語教育の中心的な指導法になりました。作文に関しても、自ら目的に合わせた文章構成を考えて内容を決め、各段落で相応しい内容に合わせて的確な文型を使い、全体の組み立てを押さえた上で各段落を書いていくような文章構成的作文が主流になりました。現在、台湾で使われている日本や台湾で制作された作文教材の多くは、文法積み上げ形式の作文とコミュニカティブ・アプローチを組み合わせたものです。

　私は博士論文で、実際に日本で使われている文章の構成を活かした作文指導法をテーマに選びました。授業でも、実社会で使用頻度の高い素材を選

び、学生さんたちが書きたい内容を盛り込んで作文するという授業デザインを試みてきました。日本語の文章構成は社会的ジャンルでスタイルが決まっており、それとコミュニカティブ・アプローチとを組み合わせることで、インターネットで見られる観光案内やグルメ記事から案内を書かせたり、就職試験用の自己紹介を活かして印象的な自己アピールをさせたり、好きなエッセイのスタイルを活かして自分の経験を書かせたりするなど、実社会でも使える作文に結びつけることができます。

　今回の教科書は、私の社会的ジャンルを活かした文章構成指導を踏まえ、それと同時に、共同執筆者の曾秋桂教授の台湾人学習者の苦手な文法や語彙の補強を行いながら、大学卒業後も仕事で使える日本語作文の基礎を身につけられるよう作成しました。実例は学生の作文を基にしていますので、3年生のみなさんにとっては、これだけの作文が書ければ中級作文力は合格という目安にもなります。

　さあ、この一冊で、実社会の仕事や留学に活かせる作文力を一緒に身につけていきましょう。

淡江大学日本語文学科　教授

落合由治

2012年8月

如何使用本書

這是一本教您如何寫出漂亮的日語作文的書。只要跟著本書三步驟，循序漸進學習，不但可以學會記敘文、抒情文、書信、明信片、電子郵件的書寫，還能奠定良好的日文單字、文法、句型基礎。

Step1 詳讀第1課～第3課，
了解日語作文的「結構」以及「文體」。

第1課

成功航行前的心理建設（1）

認清組成文章的單位

學習重點說明：

◆ 認清「單字語彙 → 片語 → 句子 → 段落 → 文章」等組成文章的單位。
◆ 學會更多單字語彙的訣竅。
◆ 熟記片語（慣用句）的訣竅。
◆ 分析句子的訣竅。
◆ 區隔段落主題的訣竅。
◆ 提升文章整體質感的訣竅。

◆ 組成文章的單位

開宗明義第1課，便教您認清「單字語彙→片語→句子→段落→文章」等組成文章的單位。奠定基礎，學得放心！

一、由主語和述語組成的日文句子之基本架構

日文學習上，成功跨越過單字詞彙、片語（慣用句）的門檻之後，接著就是進入句子。一個句子基本上，是由主語和述語組合而成的。舉例說明如下：

（一）使用「です／だ」斷句的情形

1.

主語	主格	述語	斷定助動詞
台湾（たいわん）	は	島（しま）	です。（美化體）

（台灣是個島嶼。）

2.

主語	主格	述語	斷定助動詞
台湾（たいわん）	は	島（しま）	だ。（常體）

（台灣是個島嶼。）

在日文中，最基本的句型為「AはBです」（A是B）。上述兩個句型的述語都是名詞，只是結尾的文體有「です」（美化體）、「だ」（常體）的不同而已。至於除了名詞可以當述語以外，從下列的句子可以窺得形容詞（另一說法為イ形容詞）、形容動詞（另一說法為ナ形容詞）、動詞這三種詞性，都可以充當述語使用。

3.

主語	主格	述語	斷定助動詞
台湾（たいわん）	は	美しい（うつく）	です。（美化體）

（台灣真美麗。）

34

第2課先教您了解句子的基本結構「主語＋述語」，再學會用「修飾語」修飾「主語」或「述語」，只要增加句子的長度，就能提升句子的表達能力，藉以表現出自我的日文水準。

◆ 在正確的場合使用適當的文章文體

日文的表達文體有三種：「です・ます」（美化體）、「である・る」體、「だ・る」（常體），第3課教您視不同的場合，使用正確的表達文體。經此學習，在寫作日語作文時，一定更得心應手！

 二、「です・ます」（美化體）的各種表達方式

「です・ます」在日文文體表達上被稱為「美化體」。它適用於正式的公開場合或面對長者、客戶，以及正式文章的表達時，好像盛裝出席社交場合一樣地鄭重其事。「です・ます」的時態，會因為前面所接續的詞性不同，而有以下各種不同的表達方式。

	現 在 式			過 去 式		
	肯定句	否定句	推量句	肯定句	否定句	推量句
名詞	日本語（にほんご）です	日本語（にほんご）ではないです	日本語（にほんご）でしょう	日本語（にほんご）でした	日本語（にほんご）ではなかったです	日本語（にほんご）だったでしょう
形容動詞（ナ形容詞）	便利（べんり）です	便利（べんり）ではないです	便利（べんり）でしょう	便利（べんり）でした	便利（べんり）ではなかったです	便利（べんり）だったでしょう
形容詞（イ形容詞）	美しい（うつく）です	美しく（うつく）ないです	美しい（うつく）でしょう	美しかった（うつく）です	美しくなかった（うつく）です	美しかった（うつく）でしょう
動詞	勉強（べんきょう）します	勉強（べんきょう）しません	勉強する（べんきょう）でしょう	勉強（べんきょう）しました	勉強（べんきょう）しませんでした	勉強した（べんきょう）でしょう

要用美化體來表達時，如同表格中的範例，當前面接續名詞、形容動詞、形容詞時，在其後面要加「です」，至於動詞連用形的後面，則是加「ます」。

其中「です」有時態的變化。「です」本身就是現在式，而現在式的否定形為「ではないです」或「ではありません」，現在式的推量形為「でしょう」；過去式為「でした」，過去式的否定形為「ではなかったです」或「で

55

◆ **學習重點**

 一、學習重點

1. 位置、距離、交通工具之相關表現

AはBにある（表位置）

～は向かい側（右、左、隣、東、西、南、北）にある（いる）

～は南向き（東向き、西向き、北向き）である

～から遠い（近い）

～からかなり遠い（近い）

～から少しも遠くない（近くない）

～から歩いて10分ぐらい掛かる所にある

～から車で10分ぐらい掛かる所にある

～から走って10分ぐらい掛かる所にある

～から～まで10キロである

～より～までバスで2時間掛かる

～より～までMRT（台北新交通システム）で1時間掛かる

～より～まで飛行機で2時間掛かる

～より～まで高鉄（台湾新幹線）で90分掛かる

74

> 每課一開始，立即列出
> 學習重點，簡單的排列方
> 式，讓讀者一目瞭然，迅速
> 掌握該課所有關鍵！

第4課

 二、作文範例 「私の故郷」

　私の故郷は嘉義である。台湾の台中より南にあり、北回帰線が通っているので、台北より比較的暖かく、農産物の豊かな所である。最近、高鉄（台湾新幹線）が整備されて、交通の便がよくなった。台北から嘉義まで各駅停車の高鉄で行くと、90分ぐらいで行けるようになった。スピードの速い高鉄がなかった時代と比べると、台湾社会の日進月歩には目を見張るものがある。

　嘉義の観光名勝地と言えば、何といっても、日の出と檜で有名な「阿里山」を挙げなくてはならない。嘉義の国鉄駅から中央山脈の一部となっている「阿里山」までは、森林鉄道が人気を集めていて、外国から来た観光客でいつも賑わっている。そのため、「阿里山」の森林鉄道のチケットはなかなか手に入らない。森林鉄道以外に、自家用車やバスを利用して、山を切り開いた山道をドライブして、延々と続く山々の緑を楽しみ、美味しい空気を思う存分に吸い込むルートもお薦めである。

　一方、嘉義の西側にある海に近い北港という町には、有名な「天后宮」がある。「天后宮」では、漁民を護り、貧しい人々を助けた「媽祖」（俗名は「林黙娘」）が台湾人に愛され、祭られている。毎年「媽祖」の誕生日になると、全国から大勢の信者が集まり、連日連夜、宗教行事が盛大に行なわれる。台湾人にとって、これこそ巨大な信仰心のシンボルと言えよう。さらに、北港より反対の東へ向かっていくと、「梅山」という山里がある。有名な台湾文学者張文環の文学作品『土にはうもの』は、まさにこの故郷「梅山」を背景にして描いた作品である。

77

◆ **作文範例**

> 第4課～第10課，每課
> 皆有作文範例，從記敘文、
> 抒情文、書信、明信片至電
> 子郵件，是學習日語作文最
> 佳範本！

◆ 作文結構說明

列出作文範例的每個段落大綱，學習「起」、「承」、「轉」、「合」的文章寫作概念。

◆ 單字、片語學習

學習從作文範例中挑出的新詞彙，不僅能累積單字量，將來如果遇到相似的題目，也可實際運用。

📖 三、範例解析

（一）作文結構說明

第一段落　介紹故鄉的地理位置、氣候、交通
第二段落　介紹著名的觀光勝地
第三段落　介紹宗教信仰、人文、物產
第四段落　敘述故鄉對作者的涵義

（二）單字、片語（子句）學習

きたかいきせん 北回帰線（北回歸線）	かんこうめいしょうち 観光名勝地（觀光勝地）
にっしんげっぽ 日進月歩（日新月異）	ちょうぶんかん 張文環（張文環）
め　み　は 目を見張るものがある （令人瞠目結舌）	しゅうきょうぎょうじ 宗教行事（宗教祭典
しんりんてつどう 森林鉄道（森林小火車）	さっとう 殺到（蜂擁而至）
エムアールティー　　　　　　たいぺいしんこうつう ＭＲＴ（台北新交通システム）（捷運）	かくえきていしゃ 各駅停車（非直達車
こうてつ　　たいわんしんかんせん 高鉄、台湾新幹線（高鐵）	しんこうしん 信仰心（信仰虔誠）
ちゅうおうさんみゃく 中央山脈（中央山脈）	おも　ぞんぶん 思う存分（十分隨興

📖 五、深度日文文法學習

1. 同樣表示原因的「て」、「から」、「ので」三者間的差異性
   ①熱を出して、学校を欠席した。

   ②熱を出しているから、学校を欠席した。

   ③熱を出しているので、学校を欠席した。

   以上三句例句，中文翻譯都是「因為發燒而上課缺席」，但是其實有以下兩個差異。

   ★接續詞性的不同

   「から」和「ので」接續不同詞性時的表現

「から」的接續	「ので」的接續
名詞だから	名詞なので
形容動詞だから	形容動詞なので
形容詞から	形容詞ので
動詞終止形＋「から」	動詞連體形＋「ので」

   基本上，「から」前接各類詞性的終止形（簡稱第三變化），而「ので」前接各類詞性的連體形（簡稱第四變化）。

   ★語感的不同

   中止形的「て」，不像「から」、「ので」那麼直接明確表示理由，只是輕微表示原因。除此之外，「から」和「ので」也有一點點不一樣。其中

   85

◆ 文法學習

藉由許多例句的輔助，學習本課文法重點，提升日文實力。

六、深度解析作文範例

技巧

看下文之前,先試著把握下面的技巧,鍛鍊解讀日文文章的能力(解構能力)。之後,依此日文文章的特性,重新組裝成自己要表達的日文意思(結構能力),以期撰寫出近乎自然、流暢的日語作文。

1. 找出每個句子的「は」或「が」所在的地方,先把它圈起來,那是「主語」所在。如果一個句子中同時出現「は」以及「が」,那就小心判別「大主語」、「小主語」的所在。
2. 找到「主語」(「は」或「が」)之後,就找該「主語」的「述語」。
3. 找到「主語」和「述語」之後,再找看看「主語」的「述語」的「修飾語」。
4. 如果「述語」是動詞,看看前面有沒有表示受格的「を」。如果有,則再往前找「を」之前的「補語」。
5. 如果有「補語」,則再往前找「補語」之前的「修飾語」。

「私の故郷」(我的故鄉)

第一段落

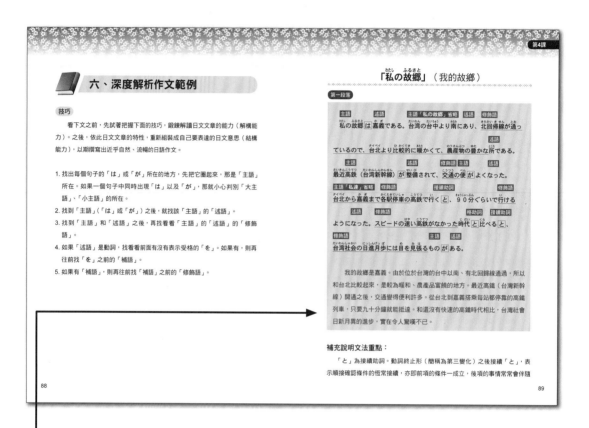

我的故鄉是嘉義。由於位於台灣的台中以南、有北回歸線通過,所以和台北比較起來,是較為暖和、農產品富饒的地方。最近高鐵(台灣新幹線)開通之後,交通變得便利許多。從台北到嘉義搭乘每站都停靠的高鐵列車,只要九十分鐘就能抵達。和還沒有快速的高鐵時代相比,台灣社會日新月異的進步,實在令人驚嘆不已。

補充說明文法重點:

「と」為接續助詞。動詞終止形(簡稱為第三變化)之後接續「と」,表示順接確認條件的恆常接續,亦即前項的條件一成立,後項的事情常常會伴隨

◆ 深度解析作文範例

將「作文範例」分成數個段落,做深度解析。在解析裡,除了有中文翻譯之外,還將每一個句子清楚標示出「主語」、「述語」、「修飾語」,讓您更了解句子的結構。拆解日文文章,就是這麼容易!

Step3　隨時參考附錄以及索引，奠定日文基礎。

◆ 附錄

 附錄：常見日文書信各式問候語、用語

1. 季節問候語

①寒に入ってから、ひとしお寒さが厳しくなりました。【1月】

（進入寒冬時節，倍感寒氣徹骨。）

②立春とは名ばかりで、相変らず寒い日が続いております。【2月】

（儘管進入立春時節，仍寒氣未消。）

③一雨ごとに暖かくなって参りました。【3月】

（每逢春雨降臨時節，倍感溫暖。）

④春眠暁覚えずと言われるころになりました。【4月】

（又到了春眠不覺曉的時節。）

⑤青葉の風薫るころとなりました。【5月】

（又到了綠意盎然、清風拂面的時節。）

⑥長雨のうっとしいころとなりました。【6月】

（又到了細雨綿綿、令人心煩意亂的時節。）

⑦梅雨があけた途端、厳しい暑さが続いております。【7月】

（又到了梅雨剛過、酷暑難消的季節。）

⑧ひぐらしの声にも夏の終わりが感じられます。【8月】

（伴隨著蟬聲，夏天腳步已經逐漸離去。）

⑨一雨ごとに、秋の気配が忍び寄ってきます。【9月】

（每逢秋雨，倍感秋意逼近。）

194

◆ 索引

挑選重點文法羅列於全書最後，哪個文法沒把握，或是臨時想參閱哪個文法，馬上翻、馬上學，學習文法零時差！

索　引

277

目　錄

第 1 課
成功航行前的心理建設（1）
認清組成文章的單位

學習重點說明：

◆ 認清「單字語彙 → 片語 → 句子 → 段落 → 文章」等組成文章的單位。

◆ 學會更多單字語彙的訣竅。

◆ 熟記片語（慣用句）的訣竅。

◆ 分析句子的訣竅。

◆ 區隔段落主題的訣竅。

◆ 提升文章整體質感的訣竅。

一般正規大學的日文系教育課程，自大一進入大學接觸外語日文，從日文50音開始學習，此時注重的是正確的發音以及單字語彙的音調，並漸漸增加單字語彙量、認識各類詞性的用法。而大學二年級階段，除了加強上述的學習之外，也開始熟記片語、了解句型結構，並練習將所學的基礎日文，用簡單的句型表達出自己想表達的意思。升上大學三年級，這個階段的目標，除了要達到日語能力測驗N3的程度（介於舊制的2級與3級之間，必須認識漢字約650字、語彙約3750字，程度為已學習日語450小時之水準）之外，也要開始思考如何突破單字語彙、片語、句型、段落的藩籬、侷限，將其融會貫通，組織成一篇短文。而到了大學四年級階段，日文程度必須達到日語能力測驗N1或N2的水準，還要善加應用之前三年所學習的日文，精進至專業日文的水準。這個時候，除了觀念要突破、思維要創新之外，為了使日文文章更加自然、流暢，也為了成功航行於未來的日文學習旅程，有必要打下穩紮穩打的日文基礎。因此，在成功航行之前，先來個溫故知新的心理建設吧。本課先讓讀者再次認清「單字語彙→片語→句子→段落→文章」等構成文章的單位，接著再提醒大家架構成文章時必須注意的事項，以達到更符合日文文章理想表現的要求。

一、建構日文文章的各組織單位

建構一篇日文短文，必須組裝零件。依零件大小，可以排列成「單字語彙→片語→句子→段落→文章」一整個系列。接著依續說明各組織單位以及在學習中級日文時，應該注意的事項。

二、單字語彙與應注意事項

　　東吳大學外語學院名譽院長蔡茂豐教授提到，日文學習領域中，只要熟背3000個單字語彙，就能與日本人用日文進行一般的交談。而交談的深度，當然要視單字語彙的多寡而定。日文單字語彙懂得越多，表示日文能力越強。於是要增強日文能力，不妨從增加日文單字語彙著手，這樣就算邁出成功學習日文的一小步。在我所接觸的大三學生當中，發現越升上高年級，越不敢開口說日文。即便開口說出了日文，也常常令人覺得「有這個單字語彙嗎？」而摸不著頭緒。但如果用筆談方式的話，溝通上的障礙就會減少許多。這代表著學生開始學習日文50音之後，進入到漢字學習階段時，因為中文的國字與日文的漢字相仿，逐漸養成光是用眼睛來看而不開口唸出聲音來記住的懶人學習壞習慣。隨著染上懶人學習的壞習慣，漸漸地日文學習的精密度也就銳減許多。直到升上大三，才發現日文學習已經破了一個大洞了。但是「不知」總比「無知」好，只要知道關鍵點在哪裡，痛定思痛，改掉懶人學習的壞習慣，前途一樣無限光明。切記，不要光是用眼睛來看，而是要開口大聲唸出，之後再透過腦筋來記住的話，情況就會好轉。在單字語彙方面，需要多注意：（一）單字語彙的發音、（二）漢字的唸音、（三）類義語。

（一）單字語彙的發音

　　單字語彙的發音上，須特別注意短音、長音、促音、濁音的發音。

★ 例如：短音、長音
「顧問」（こもん）與「肛門」（こうもん）

有個學生在自我介紹時，本來要說自己的父親是家大公司的「顧問」（こもん），結果說成自己父親是家大公司的「肛門」（こうもん）。因此，切記長音、短音須發音清楚，否則會貽笑大方。

★ 例如：促音

「切手」（きって）與「着て」（きて）、「来て」（きて）

促音是停頓一拍，「切手」（きって）總共算三拍。而「着て」（きて）與「来て」（きて）同為兩拍。發音成三拍為「郵票」之意，發音成兩拍則為「穿」或「來」之意。

★ 例如：濁音

「ため」（為了某個目的或原因）與「だめ」（不可以）

常聽到學生把「ため」發音成「だめ」，結果本來要說「為了某個目的或原因」，卻變成強烈的否定口吻的「不可以」。發濁音時，須謹慎為宜。

日文的每一個假名都要唸一拍，即使是促音也是要停頓一拍。不要認為不注重小細節，日文隨隨便便講得出來就表示厲害。若不改變學習習慣，學習到了一定的程度，就會停滯不前。趁現階段還來得及修正習慣，建議不妨在家自己打拍子練習發音看看。幾次下來，就能說出一口正確的日文了。

（二）漢字的唸音

日本國內有一種日文漢字檢定考試的制度，藉此評估日文真正的實力與深度。日本社會普遍認為，包括日本人在內，懂得更多漢字的唸音，或是知道別人都不會唸的漢字唸音的人，日文水準一定相當高。由於此認知，所以一句日文都不會說而用筆談方式到日本旅遊的人，相信都有被日本人讚美過日文很厲

害的經驗吧！其實日本人誤認為不懂日文的人所寫的字是「漢字」，而不知不懂日文的人所寫的字是「中文繁體字」。無論如何，漢字的確可以為日文程度保本。我曾經看過許多研究所的學生，他們說起日文時口若懸河，也能和日本人一起討論問題，但是一碰到艱深的漢字，甚至只是簡單的漢字，就立刻啞口無言。可見日文程度的補強，還是不能忽視漢字的唸音。特別是高階日文中常見的漢字，又有許多不同的唸法。這絕對不能光只是用眼睛看，而不用嘴巴唸出聲音就能記得住的。切記要大聲唸出來，並透過腦筋來熟記發音，才能應付得了千奇百怪的漢字唸音。簡單彙整如下：

1. 同一個漢字數字不同的唸音

ひと

ひとやす
一休み（休息片刻） 　 ひとまわ
一回り（一圈） 　 ひとま
一間（一間房間）

いっ

いっかげつ
一ヶ月（一個月） 　 いっこく はや
一刻も早く（早日） 　 いっけん
一軒（一間） 　 いっこ
一個（一個）

いち

いちだんらく
一段落（一個段落） 　 いちこじん
一個人（一個人）

2. 同一個漢字不同的唸音

相

あいて
相手（對方） 　 そうご
相互（互相） 　 そうさい
相殺（相抵消） 　 あいしょう
相性（適合）

合

くみあい
組合（公會） 　 ごうべん
合弁（合資） 　 ごうい
合意（同意） 　 がっさく
合作（合作）

悪

悪党（幫派）　悪意（惡意）　悪気（壞心眼）　悪者（壞人）

一人

一人前（一人份、獨當一面）　お一人様（一位客人）

家

家（家）　家（家）　作家（作家）　両家（雙方家庭）

本家（大房繼承家業）　分家（大房以外的兄弟分家）

汚

汚染（汙染）　汚れる（骯髒）　汚す（弄髒）　汚い（不乾淨的）

数

数える（數數）　数字（數字）　数学（數學）　人数（人數）

頭数（人頭數）　数の子（鰊魚的魚卵，過年吃的佳餚）

会

会議（會議）　会合（聚會）　会計（會計）　会心の笑み（會心一笑）

会う（遇見）

気

元気（精神飽滿）　和気藹々（和氣融融）　気分（心情）　気力（力氣）

気配り（費心）　悪気（壞心眼）　寒気（感覺寒意）

気配（跡象）　嬉し気（心中感到竊喜）

心

心臓（心臟）　親切心（熱心）　中心地（中心標的）　心（心）

下心（另有密謀）　心地（感覺）　坐り心地（坐得舒服）　心地好い（心情好）

作

作文（作文）　工作（勞作、製作）　工作員（情報員）　作戦（作戰）

破壊工作（諜對諜執行破壞）　作業（依循步驟循序漸進）

者

作者（作者）　若者（年輕人）　働き者（勤奮的人）　馬鹿者（笨蛋）

邪魔者（妨礙者、電燈泡）

殺

殺す（殺）　殺意（殺意）　殺人（殺人）　殺人犯（殺人犯）　相殺（相抵消）

察

警察（警察）　諒察（體察）　察して（明察）

砂

砂金（沙金）　砂丘（沙丘）　砂糖（砂糖）　砂浜（沙灘）

砂遊び（玩沙）　砂埃（沙塵）　砂長じて巌となる（後續看好、延年益壽）

産婦

産婦（孕婦）　産婦人科（婦產科）

歯

歯科（歯科）　歯音（歯音）　歯医者（牙醫）

通

通じる（相通）　通う（往返）　通る（通過）　日本通（日本通）

通算（總計）　意思の疎通（溝通意見）

便

ふなびん
船便（船運）　びんめい
便名（班次）　びんじょう
便乗（搭便車）　べんり
便利（便利）　ほうべん
方便（方便）

ふべん
不便（不方便）

日

にちようび
日曜日（星期天）　たんじょうび
誕生日（生日）　ふつかよ
二日酔い（宿醉）

つきひ た はや
月日の経つのが速い（歳月如梭）

船

ふね
船（船）　かんらんせん
観覧船（觀光船）　ひこうせん
飛行船（飛行船）　うちゅうせん
宇宙船（太空船）

ふなびん
船便（海運）

物

しょくぶつ
植物（植物）　たからもの
宝物（寶物）　のりもの
乗物（代步交通工具）　しょくもつ
食物（食物）

名

ほんみょう
本名（本名）　なまえ
名前（名字）　せいめい
姓名（姓名）　なんめいさま
何名様（幾位）

ゆうめい
有名（有名）　ちょめい
著名（著名）

向

む
向こう（對面）　む
向ける（朝向）　む
向く（面向）　む
向かう（朝著）

けいこう
傾向（傾向）　ほうこう
方向（方向）　こどもむ
子供向き（適合兒童）

3. 複合名詞的漢字，加濁音的唸法

すいみん ふそく すいみん ぶそく
睡眠＋不足 → 睡眠不足

ふうふ けんか ふうふ げんか
夫婦＋喧嘩 → 夫婦喧嘩

旅行＋会社 → 旅行会社

手＋紙　　→ 手紙

手＋品　　→ 手品

手＋袋　　→ 手袋

団子＋汁 → 団子汁

後ろ＋髪 → 後ろ髪

笑い＋話 → 笑い話

落ち＋葉 → 落ち葉

出来＋事 → 出来事

引き＋金 → 引き金

里＋帰り　→ 里帰り（動詞連用形）

雪＋解け　→ 雪解け（動詞連用形）

酔い＋止め → 酔い止め（動詞連用形）

滑り＋止め → 滑り止め（動詞連用形）

割り＋引き → 割引（動詞連用形）

　　基本上名詞加名詞，或名詞加動詞連用形（比照名詞），都會組合成複合名詞。通常在第二個名詞（或動詞連用形）的第一個假名之處，如果可以由清音加上兩點成為濁音的話，則加上兩點成為濁音來顯現。但除了此通則之外，也會有例外出現。建議還是用土法煉鋼的方式，發出聲音唸熟，一旦順口，就能牢牢記在腦海裡了。

4. 複合名詞的漢字，不加濁音的唸法

とうきょう そだ　　　とうきょうそだ
東京＋育ち → 東京育ち

くさ と　　　 くさ と
草＋取り → 草取り

やま くず　　　やまくず
山＋崩れ → 山崩れ

て しごと　　　て し ごと
手＋仕事 → 手仕事

み そ しる　　　み そ しる
味噌＋汁 → 味噌汁

5. 不同漢字同一個唸音

唸音	漢字
いし	意志／医師／意思
いじょう	以上／異常
かがく	科学／化学／歌学
がっき	楽器／学期
かてい	課程／家庭／仮定
かよう	火曜／歌謡／通う
かんしん	感心／関心
きかい	機会／機械／奇怪
きげん	機嫌／期限／起源／紀元
きって	切手／切って
きゅうよう	急用／休養
きゅうそく	急速／球速／急速
きょうりょく	協力／強力
こうぎ	講義／広義／抗議／厚誼／好誼
こうせい	構成／校正／厚生／恒星／後世／硬性／公正

唸音	漢字
じこ	自己／事故
じしん	自身／自信／地震／時針
せいかく	正確／性格／政客
じどう	児童／自動／自働
しんこく	深刻／申告／清国
せいめい	生命／声明／盛名／姓名／清明
せんたく	選択／洗濯
ちゅうしゃ	駐車／注射
とうしょ	当初／投書／当所
ゆうこう	有効／友好
ようい	用意／容易
ようじ	用事／幼児／楊枝／用字／幼時
れいがい	例外／冷害

（三）類義語

　　奠定基礎之後，日文要進步，就不要再憑藉中日字典或中文意思來理解日文，否則母語中文反而會干擾到外語日文的學習。例如「きっと」、「必ず」、「ぜひ」，這三個字中文意思都是「一定」，但「きっと」表示推測之意，常見後面跟著「〜でしょう」（吧！）或「〜に違いない」（一定）。而「必ず」表示非得如此不可的決心或局面，常見後面跟著「〜なければならない」（非〜不可）。至於「ぜひ」則表示請求或希望之意，常見後面跟著「〜て下さい」（請）或「〜たい」（想）。這些意思容易混淆的單字語彙，日文叫做「類義語」。為了穩紮穩打地打好日文基礎，建議買一本「類義語詞典」，才能一本萬利。

三、片語與應注意事項

　　片語或慣用句，都是日文累積長年的說法而自然形成的一套系統。現在無法理解就死背，等到日文句子、片語看多了，自然就能體會其中的奧妙。而中文裡面沒有的助詞、自／他動詞，更須特別留神。片語需要特別注意：助詞、自／他動詞。

手<ruby>て</ruby>に入<ruby>はい</ruby>る	自動	拿到手
手<ruby>て</ruby>に入<ruby>い</ruby>れる	他動	想辦法拿到
耳<ruby>みみ</ruby>に入<ruby>はい</ruby>る	自動	聽到
耳<ruby>みみ</ruby>に入<ruby>い</ruby>れる	他動	聽進去
骨<ruby>ほね</ruby>が折<ruby>お</ruby>れる	自動	費勁
骨<ruby>ほね</ruby>を折<ruby>お</ruby>る	他動	費盡力氣
お茶<ruby>ちゃ</ruby>を飲<ruby>の</ruby>む	他動	喝茶（「を」表示受格）
空<ruby>そら</ruby>を飛<ruby>と</ruby>ぶ	自動	飛翔天空（「を」表示所經過的場所地點）
家<ruby>いえ</ruby>を出<ruby>で</ruby>る	自動	走出家門（「を」表示起始點）

四、句子與應注意事項

　　提到句子，就要注意到，一個句子基本上是由主語與述語架構而成的。所以解讀文章時，先找出該句子的主語與述語就沒錯。相反地，自己要寫句子，然後連貫句子成為短文時，就要注意自己放進句子中的主語與述語。而基本的句子，如果要讓它加長，必須懂得巧妙利用修飾語來修飾主語、述語，以增加它們的可看性。這一點，是台灣學生比較缺乏的能力。反觀日本學生在使用日文母語時，就會自然地放進一大串修飾語。因此，為了不讓自己的文章彆彆扭扭、窒礙難行，切記要善用修飾語的修飾功效，來達到日文文章順暢表達的效益。寫句子時要多費心注意：主語、修飾語、述語。下一課將進一步說明，在此先簡單圖示如下：

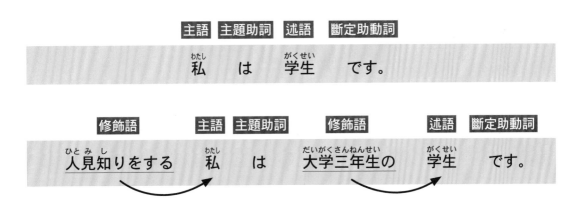

五、段落與應注意事項

　　複數的句子組合成段落。而複數的句子就像積木或是樂高，當連結處使用的顏色或形狀不同，就會形成不一樣的圖案、圖騰。而所謂的連結處，就相當於連結句子與句子間的接續詞。順接的接續詞，表示明確的因果關係；逆接的接續詞，則表示產生相反的結果。注意使用正確的接續詞，是非常重要的，因為用錯接續詞，等於表錯意。除了學習如何正確使用接續詞之外，一個段落闡明一個主題也很重要。否則焦點模糊或盡是焦點，就更搞不清楚要表達的重點了。書寫段落切記：一、接續詞；二、一個段落闡明一個主題。簡單羅列日文接續詞如下：

功能	接續詞
表時間順序	まず、次、それから、そして、最後に
表並列	まず、また、それから、そうして
表添加	それに、そのうえ、（それ）に加えて、（それ）のみならず、（それ）にとどまらず、（それ）だけではなく
表逆接	しかし、けれども、だが、（それ）にもかかわらず、ところが
表順接	だから、それで、従って、それゆえ、そのため
轉換話題時	ところで、さて、話しは変わるが、話しを戻すが
簡潔說明時	つまり、すなわち、言い換えれば、換言すれば、言わば
下結論時	要するに、このように、以上述べてきたように

句子 ⬅ 接續詞 ➡ 句子 ⬅ 接續詞 ➡ 句子

六、文章與應注意事項

　　複數的段落組合成一篇文章。一篇不超過600字的作文，只要寫出四個段落就可以。且盡量要讓每一個段落闡明的主題之間，區隔出「起、承、轉、合」，此時接續詞又可以派上用場了。所以學習如何正確使用接續詞有多麼的重要，在此又得到印證。下一課將進一步說明，在此先簡單圖式如下：

起 ← 接續詞 → 承 ← 接續詞 → 轉 ← 接續詞 → 合

　　有關日文文章的格式，每一個段落的開始，不像中文是空兩格，而是空一格。而文體方面也需要注意。日文文章有美化體「です・ます」、常體「だ・る」之區分。美化體使用於不認識的人、長輩、或是正式場合，像是書信文、自我介紹都是。使用美化體除了可以代表個人的修為，還能藉此博得對方的好感。而常體則使用於家人、熟悉的朋友、或是同學之間，像是日常生活中的對話都是。常體用法代表與對方有交情，藉此能拉進彼此間的距離。

　　而介於美化體、常體之間還有「である・る」體。「である・る」體是立場較中立、客觀的表達文體，非常適合用來撰寫論文或報告。為了接續大四畢業專題、論文寫作需要撰寫報告或論文，建議不妨現階段就嘗試使用「である・る」體的寫作方式，習慣之後就能駕輕就熟。但切記上述的「です・ます」、「だ・る」、「である・る」三種文體不可以混著使用，也不可以高興用什麼就用什麼，而是要根據所需的場合來使用，而且要一貫而下。選擇了其中一種，就得從一而終。再次提醒，寫文章時須切記：一、日文格式；二、日文文體；三、彰顯各段落的主題間之關係。

練習題（一）

請標上下列成語的唸音：

① 千慮の一失　　　　　② 一点張り

③ 一枚看板　　　　　　④ 心機一転

⑤ 十把一絡げ　　　　　⑥ 口も八丁手も八丁

⑦ 十人十色　　　　　　⑧ 八方美人

⑨ 一か八か　　　　　　⑩ 四苦八苦

練習題（二）

請標上下面單字語彙的唸音並造句：

① 正義／盛儀

② 作用／左様

③ 精彩／制裁／生彩／正妻

④ 発砲／八方／発泡

練習題（三）

請將下面同一漢字的不同唸音標示出來：

① 強引　　強力　　強火

② 弱年　　弱虫　　弱火

③ 決定　　決行　　決断　　決して

④ 着る　下着　上着　薄着　到着

⑤ 上　上座　上り坂　値上がり　値上げ　上品

⑥ 下　下座　下り坂　値下がり　値下げ　下品

⑦ 発病　発展　発電　発作

⑧ 境　境界　境地　境内

⑨ 執拗　執筆　執刀

⑩ 会津　会計　会食

練習題（四）

請將下面的複合名詞的唸音標示出來：

① 腕＋時計 → 腕時計

② 会計＋係り → 会計係り

③ 首＋切り → 首切り

④ 雪＋景色 → 雪景色

⑤ 株式＋会社 → 株式会社

⑥ 春＋風 → 春風

⑦ 一人＋暮らし → 一人暮らし

⑧ 夕＋暮れ → 夕暮れ

⑨ 大＋騒ぎ →大騒ぎ

⑩ 鼻＋詰まり → 鼻詰まり

練習題（五）

區別類義語「はず」與「べき」間的差別，並造句。

第2課

成功航行前的心理建設（2）

由主語和述語組成的日文句子

學習重點說明：

◆ 確認由主語和述語組織而成的日文句子的基本架構。

◆ 善加利用修飾語來修飾主語和述語，強化句子的效益。

◆ 分辨述語與修飾語的差異性。

一、由主語和述語組成的日文句子之基本架構

　　日文學習上，成功跨越單字詞彙、片語（慣用句）的門檻之後，接著就是進入句子。一個句子基本上，是由主語和述語組合而成的。舉例說明如下：

（一）使用「です／だ」斷句的情形

1.
主語	主格	述語	斷定助動詞

たいわん
台湾　　は　　島　　です。（美化體）

（台灣是個島嶼。）

2.
主語	主格	述語	斷定助動詞

たいわん
台湾　　は　　島　　だ。（常體）

（台灣是個島嶼。）

　　在日文中，最基本的句型為「AはBです」（A是B）。上述兩個句型的述語都是名詞，只是結尾的文體有「です」（美化體）、「だ」（常體）的不同而已。至於除了名詞可以當述語以外，從下列的句子可以窺得形容詞（另一說法為イ形容詞）、形容動詞（另一說法為ナ形容詞）、動詞這三種詞性，都可以充當述語使用。

3.
主語	主格	述語	斷定助動詞

たいわん　　　　うつく
台湾　　は　　美しい　　です。（美化體）

（台灣真美麗。）

4.

主語		主格		述語
台湾 <ruby>台湾<rt>たいわん</rt></ruby>	は		<ruby>美<rt>うつく</rt></ruby>しい。（常體）

（台灣真美麗。）

　　當形容詞之後要用「だ」（常體）表達時，不用讓「だ」現身，直接結尾即可，不可說成「<ruby>美<rt>うつく</rt></ruby>しいだ」。這一點是許多人寫作文時常見犯錯的地方，須小心為要。

5.

主語	主格	述語	斷定助動詞
<ruby>台湾<rt>たいわん</rt></ruby>	は	<ruby>綺麗<rt>きれい</rt></ruby>	です。（美化體）

（台灣真漂亮。）

6.

主語	主格	述語	斷定助動詞
<ruby>台湾<rt>たいわん</rt></ruby>	は	<ruby>綺麗<rt>きれい</rt></ruby>	だ。（常體）

（台灣真漂亮。）

　　當形容動詞之後要用「だ」（常體）表達時，切記仍需要像名詞接續時一樣，用「だ」來結尾。

（二）使用「ます／る」斷句的情形

1.

主語	主格	述語
<ruby>誰<rt>だれ</rt></ruby>	が	<ruby>食<rt>た</rt></ruby>べます　か。（美化體）

（誰要吃呢？）

2.

| 主語 | 主格 | 述語 |

誰が 食べる か。（常體）
（誰要吃呢？）

　　上述兩個句型的述語都是動詞，只是結尾的文體有「ます」（美化體）、「る」（常體）的不同而已。而主格除了「は」之外，還可以使用「が」，可見「は」與「が」同樣都具有主格的性質。曾經有日本人分析「は」、「が」兩者的異同，並撰寫成博士論文獲得博士學位。由此可見，「は」、「が」的一系列探討，內容一定十分精深淵博。至於外國人學習日文的過程當中，遇到什麼情況用「は」好呢？然後又在什麼時候用「が」好呢？即使問了日本人，不同的日本人的回答，答案往往也常不一致。儘管如此，我們外國人學習日文，還是至少要懂得「は」、「が」的基本文法區別。簡單彙整其差異如下：

「は」與「が」的基本文法之區別

編號	は	が	例句
1	提示主題	×	**主語** **主格** **述語** **斷定助動詞** スマートフォン は 人気商品 です。 （智慧型手機是受歡迎的產品。）
2	接大主語	接小主語	**大主語** **主格** **小主語** **主格** **述語** **斷定助動詞** 象 は 鼻 が 長い です。 （大象的鼻子長。）
3	對比	×	**主語** **主格** **述語** **斷定助動詞** **接續助詞** 蜜柑 は 好き です が、 **主語** **主格** **述語** **斷定助動詞** 葡萄 は 嫌い です。 （雖然喜歡橘子，但討厭葡萄。）

編號	は	が	例句
4	×	疑問詞當主語時使用	主語 主格 述語 終助詞 誰（だれ） が 来（き）ました か。 （誰來了呢？）
5	×	疑問詞當主語問時，回答時使用	主語 主格 述語 林（りん）さん が 来（き）ました。 （林先生／小姐來了。）
6	×	表能力	主語 主格 述語 斷定助動詞 数学（すうがく） が 苦手（にがて） です。 （數學很不拿手。） 主語 主格 副詞 述語 日本語（にほんご） が 上手（じょうず）に 出来（でき）ます。 （日文能力不錯。）
7	×	表情感	主語 主格 述語 斷定助動詞 不正（ふせい） が 嫌（きら）い です。 （討厭不公不正。）
8	×	陳述突然間發現的事實	主語 主格 述語 斷定助動詞 財布（さいふ） が ない です。 （錢包不見了。） 主語 主格 述語 バス が 来（き）ました。 （巴士到了。）

　　「は」最基本用法，就是拿來提示主題。像表中的第一句，大概的意思是要表達「眾多商品之中，智慧型手機可是人氣商品王」，來點出智慧型手機與眾不同之處。

表中的第二句是「は」與「が」同時出現在一個句子時，大主語接「は」，小主語接「が」。像是「象は鼻が長いです」，常常會被拿來當作典型名句說明。意思是說「附屬在大象身上眾多器官之一的鼻子，是長的」。當然台灣人習慣照中文翻譯，會說成「象の鼻は長いです」。此時，名詞加名詞用「の」來連接，就日文文法來說，不能算是完全錯誤。但是，就「鼻」是附屬在「象」的身上的日文本意而言，「象は鼻が長いです」的說法，比較貼切原意。於是建議有大、小主語出現時，還是回歸日文原意較佳。下面所列的三個句子，也是相同，不妨看看！

①日本は物価が高いです。（較貼切）

↓

日本の物価が高いです。（名詞の名詞が　？）

↓

日本の物価は高いです。（名詞の名詞は　○）

②台湾はコンピューター製品が有名です。（較貼切）

↓

台湾のコンピューター製品が有名です。（名詞の名詞が　？）

↓

台湾のコンピューター製品は有名です。（名詞の名詞は　○）

③アメリカは就職が難しくなっています。（較貼切）

↓

アメリカの就職が難しくなっています。（名詞の名詞が　？）

↓

アメリカの就職は難しくなっています。（名詞の名詞は　○）

　　如同①句「日本は物価が高いです」一樣，是用大主語的「は」和小主語的「が」，來區隔大小的組合。這句話表示「物価」是附屬於「日本」眾多價格當中的一部分，其他如日本的地價也是貴得嚇人，所以什麼都貴的「日本」當中的「物価」也是貴的。遇到這種句子，說法就得用大主語的「は」和小主語的「が」來做區隔。台灣學生可能因為母語中文的干擾，常常喜歡把「は」改為「の」來說，這麼一來就會偏離附屬的日文原意了。如果真非得如此說不可，則應該把之後的「が」改為「は」，也就是把「日本の物価」當作主語來表示，這樣會是比較合理、通順的日文表達方式。有關之後的②、③兩個例句說明，因為道理相同，在此不再贅言。

　　表格中第三句提到雖然喜歡橘子但不喜歡葡萄，把「蜜柑」拿來與「葡萄」做對比，所以就該使用「は」。

　　而表格中的第四句是如果用疑問詞來發問時，須使用「が」。且如同第五句，既然使用「が」發問，回答時則一樣要使用「が」來回答。表中的句子問說「誰來了」，回答「林先生／小姐來了」，也是須使用「が」來回答。下面的句子也不例外。

Q：日本では、どこが物価が一番高いですか。

　　（在日本，哪裡物價最貴呢？）

A：東京が一番高いです。

　　（東京最貴。）

此句「どこが物価が一番高いですか」當中，雖然「が」出現過兩次，但不用擔心，只要遵循使用「が」發問，回答時則一樣用「が」回答的規則，就不會成為錯誤的句子。

而表格中第六句想要表達「能力」時，或第七句要表達「感情的憎惡」時，通常是使用「が」。除非像是第三句要表示對比時，才將原先的「が」改成「は」。

主語　主格　　　述語
④私　　が　　食べます。（美化體）
（我來吃。）

主語　主格　　　述語
⑤私　　が　　食べる。（常體）
（我來吃。）

以上的④、⑤兩個句子都和上面表格的第五句一樣，是針對用疑問詞發問的句子而回答的句子。

至此，初步、通盤地了解了基本句型之後，接下來要加入「修飾語」，以提升日文的表達程度。

二、善加利用修飾語，來修飾主語和述語，並強化句子的效益

初級日文句子的表達，要進化到中級日文句子的表達，需要善加利用「修飾語」。凡是主語、述語，都可以在前面加修飾語來修飾，以增加句子的長度，提高句子表達的境界，展現日文造句的能力。舉例說明如下：

（一）使用「です／だ」斷句的情形

1.

主語	主格	述語	斷定助動詞
台湾 （たいわん）	は	島 （しま）	です。（美化體）

（台灣是個島嶼。）

修飾語	主語	主格	修飾語	述語	斷定助動詞
昔（むかし）からフォルモサと言（い）われた	台湾（たいわん）	は、	麗（うるわ）しい	島（しま）	です。

（自古被稱為福爾摩沙的台灣，是個美麗的寶島。）

試著比較1中的第一句與第二句的不同。第一句只是個簡單的句子，第二句加上了「昔（むかし）からフォルモサと言（い）われた」來修飾主語「台湾（たいわん）」，「麗（うるわ）しい」來修飾述語「島（しま）」。有沒有發覺，如此一來，日文表達水準提升了不少？沒錯！提升之關鍵，其實只是在於使用「修飾語」來修飾主語和述語而已，沒想到就能達到如此絕佳的修飾效果。所以今後不妨多多善加利用「修飾語」，這麼一來，就能更接近自然、順暢的日文表達了。

2.

主語	主格	述語	斷定助動詞

台湾（たいわん）　は　島（しま）　だ。（常體）

（台灣是個島嶼。）

修飾語		主語	主格	修飾語		述語	斷定助動詞

昔（むかし）からフォルモサと言（い）われた　台湾（たいわん）　は、地震（じしん）が多（おお）い　島（しま）　だ。

（自古被稱為福爾摩沙的台灣，是個地震很多的寶島。）

　　和1中的第二句一樣，「昔（むかし）からフォルモサと言（い）われた」用來修飾主語「台湾（たいわん）」，而「地震（じしん）が多（おお）い」用來修飾述語「島（しま）」。可見修飾語可以是「麗（うるわ）しい」之類的形容詞以及「昔（むかし）からフォルモサと言（い）われた」或「地震（じしん）が多（おお）い」等子句。總之，以上皆為名詞當述語的句型，接下來說明形容詞當述語的句型。

3.

主語	主格	述語	斷定助動詞

台湾（たいわん）　は　美（うつく）しい　です。（美化體）

（台灣真美麗。）

修飾語	主語	主格	修飾語	述語	斷定助動詞

海（うみ）に囲（かこ）まれた　台湾（たいわん）　は、世界（せかい）に誇（ほこ）るほど　美（うつく）しい　です。

（四面環海的台灣，是傲視全球的美麗。）

　　試著比較3中的第一句與第二句的不同吧！第一句只是個簡單的句子，第二句加上「海（うみ）に囲（かこ）まれた」來修飾主語「台湾（たいわん）」，「世界（せかい）に誇（ほこ）るほど」來修飾

述語「美しい」的程度。是不是又再一次察覺到「修飾語」驚人的效果呢？日文表達要變得高竿，就要懂得巧妙利用修飾語的修飾效果。

4.

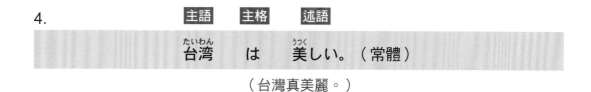

主語	主格	述語
台湾	は	美しい。（常體）

（台灣真美麗。）

（四面環海的台灣，是傲視全球的美麗。）

4的修飾語使用與3相同，只是文體表現改成「だ」（常體）時，切記要去掉「だ」。接下來說明形容動詞當述語的句型。

5.

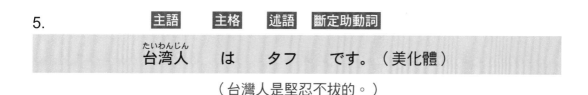

主語	主格	述語	斷定助動詞
台湾人	は	タフ	です。（美化體）

（台灣人是堅忍不拔的。）

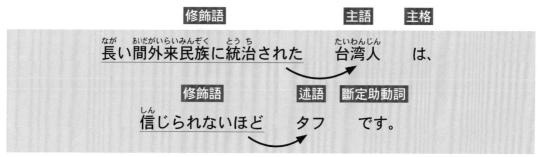

（長時間受到外來民族統治的台灣人，堅忍不拔得令人難以置信。）

5中的第一句，只是個簡單的句子。第二句加上了「長い間外来民族に統治された」來修飾主語「台湾人」，「信じられないほど」來修飾述語「タフ」的程度。加了修飾語來修飾主語和述語，句子除了變長之外，內容是不是也變得豐富許多了呢？

6.

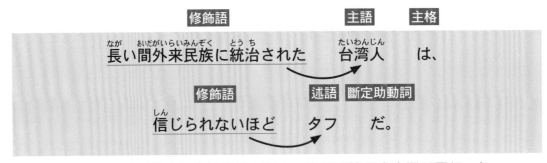

（台灣人是堅忍不拔的。）

（長時間受到外來民族統治的台灣人，堅忍不拔得令人難以置信。）

6和5的意思完全相同，只是文體表現改為「だ」而已。接下來說明動詞當述語的句型。

（二）使用「ます／る」斷句的情形

1.

（誰要吃呢？）

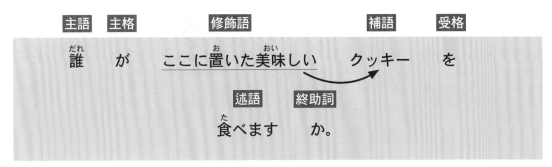

（誰要吃放在這裡的好吃餅乾呢？）

1中的第一句只是用美化體表示「誰要吃呢」的疑問句型。而第二句在他動詞「食べる」之前加受格「を」以及補語「クッキー」，且又在補語「クッキー」之前加了修飾語「ここに置いた美味しい」，於是句子變長了，比起第一句，意思也豐富了許多。到此為止，都只談到修飾語修飾主語和述語，其實修飾語也是可以修飾補語的。要讓初級日文能突飛猛進，修飾語絕對扮演著非常重要的角色。

2.

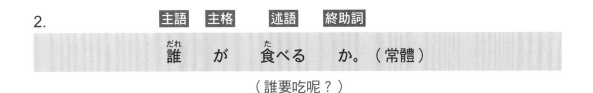

（誰要吃呢？）

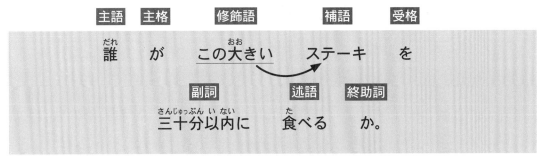

（誰要在三十分鐘以內吃完這塊大牛排呢？）

2中的第一句只是用常體表示「誰要吃呢」的疑問句型。而第二句在他動詞「食べる」之前加了時間副詞「三十分以內に」、補語「ステーキ」，且又在補語「ステーキ」之前加了修飾語「この大きい」，使得句子拉長，涵義又加深了。

3.

（我吃。）

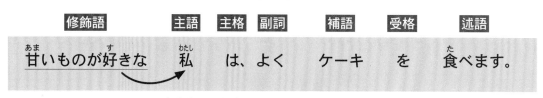

（喜歡吃甜食的我，經常吃蛋糕。）

3中的第一句，用美化體表示「我吃」的句型。而第二句，則在主語「私」之前加了修飾語「甘いものが好きな」，又在述語他動詞「食べます」之前加補語「ケーキ」，且又在補語「ケーキ」之前加了頻率副詞「よく」。如此一來，使得句子拉長，句子的意思又活潑了許多。

4.

| | 主語 | 主格 | 述語 |

私は　食べる。（常體）

（我吃。）

| 修飾語 | | 主語 | 主格 |

ダイエットをしたい　私　は、

| 修飾語 | 補語 | 受格 | 述語 |

さっぱりした　もの　を　食べる。

（想減肥的我，吃清淡的東西。）

　　4中的第一句，用常體表示「我吃」的句型。而第二句在主語「私」之前加了修飾語「ダイエットをしたい」，又在述語他動詞「食べる」之前加了補語「もの」，且又在補語「もの」之前加了修飾語「さっぱりした」。如此一來，不但使得句子拉長，句子的涵義也更豐富了。

　　從以上的例句，可以看出修飾語有著無限的效益。切記日文表達要精進、程度要提高，一定要會使用修飾語。附帶一提，從大一開始學習日文以來，依慣例都要寫一段自我介紹的文章。雖然歷練兩、三年了，都還是從「私は」來開始。這樣的寫法，在初學階段還有天真、可愛的一面可言，但老是用此模式行走天下，進入到中、高級階段，就會顯得幼稚、笨拙。為了讓日文表達脫胎換骨、嶄露頭角，建議多多使用修飾語來修飾主語、述語、補語。如此一來，不知不覺間，日文表達能力也成功地三級跳了。

三、分辨述語與修飾語的差異性

　　至此，在某個程度上，應該相信修飾語的效益是不容小覷的了！而學習過上述的例句之後，大多也都能夠習慣修飾語的用法了吧！在此單元結束之前，為了避免對述語或修飾語產生混淆，在此提醒並釐清「た」（る）、「て」的用法，以確保安全。

（一）「て」為承上接下時使用，表示句子尚未完了。

例如：| 主語 | 主格 | 述語 | | 述語 | | 述語 |

　　鈴木さん　は　　起きて、朝御飯　　を　　食べて、学校へ　　行く。

（鈴木先生／小姐起床，吃早餐，去上學。）

　　此句的主語是鈴木先生／小姐，述語有三個，是接續在「て」之前的兩個動詞「起きる」、「食べる」，以及最後的動詞「行く」。簡單來說，「起きる」、「食べる」、「行く」三個動作，都是鈴木先生／小姐一人完成的。其中，最後的動詞「行く」是以常體出現而非接續「て」，是原形的「行く」，此可謂是句子的結束。

　　接著再看看下面的句子。「た」（る）為一個句子的完結。

例如：| 主語 | 主格 | 述語 | | 述語 | | 述語 |

　　鈴木さん　は　　起きて、朝御飯　　を　　食べて、学校へ　　行った。

（鈴木先生／小姐起床，吃早餐，去上學了。）

此句的主語一樣是鈴木先生／小姐，述語有三個，是接續在「て」之前的兩個動詞「起きる」、「食べる」，以及最後的動詞「行った」。與上面的句子相較，很明顯地鈴木先生／小姐一人所完成的三個動作，都是在過去的時間點完成了。然而，如果像下面的兩個例句，兩者只差「て」或「た」（る）一字，意思卻天差地遠。原因主要在於「て」或「た」（る）會造成「述語」與「修飾語」之差異。如果能正確分辨其中之差異的話，之後碰到再長的句子，也不會被難倒。將此同樣的道理，進一步應用在自己撰寫的日文句子、文章上，絕對會令人刮目相看。

例如：

1.
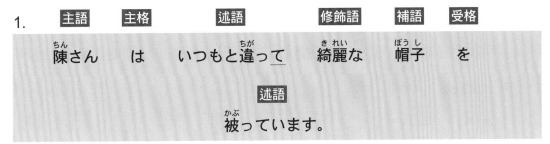

（陳先生／小姐和平常不一樣，戴著一頂漂亮的帽子。）

2.
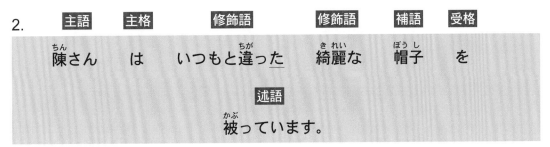

（陳先生／小姐戴著一頂和平常不一樣、漂亮的帽子。）

從中文意思不難看出兩句話，雖然主語同樣是「陳さん」，兩者只差一個字（「て」、「た」），但意思卻完全不相同。第一句是用承上接下的「て」連接，表示該句的述語有兩個，一是「違う」，一是「被っています」。也就是說主語「陳さん」做了這兩個動作。而「被っています」的補語為「帽子」，之前的「綺麗な」為其修飾語。

　　至於第二句，與第一句不同，第二句是用「た」來連接。這表示該句的述語只有一個，就是「被っています」。也就是說，主語「陳さん」只做了這一個動作。另外，「被っています」的補語為「帽子」，之前的「綺麗な」為其修飾語。此外，補語「帽子」還有一個修飾語是「いつもと違った」。由此可見，「て」仍是承上接下的功用，是當述語使用，而不像在句尾的「た」，則可以解釋為斷句之處，充當修飾語使用。請把握此原則，便能解讀文章，也可拿來當作自己寫文章時的借鏡。

練習題（一）

請練習將主語和述語前面加上修飾語：

① 私は学生です。

修飾語必須十個字左右

A.（＿＿＿＿＿＿＿）私は、（＿＿＿＿＿＿＿＿）学生です。

修飾語必須十個字以上

B.（＿＿＿＿＿＿＿）私は、（＿＿＿＿＿＿＿＿）学生です。

② 台北は首都です。

修飾語必須十個字左右

A.（＿＿＿＿＿＿＿）台北は、（＿＿＿＿＿＿＿＿）首都です。

修飾語必須十個字以上

B.（＿＿＿＿＿＿＿）台北は、（＿＿＿＿＿＿＿＿）首都です。

練習題（二）

請找出下面A句與B句中的主語、補語、述語。如果各自有修飾語，也請一併找出。

A. 世界各地から訪れる観光客は、海に囲まれた台湾の四季折々の豊かな風景を楽しみにしています。

B. 海鮮料理を食べるために、海に囲まれて海産物がよく取れる台湾にやって来る観光客が増えています。

第3課

成功航行前的心理建設（3）

不同場合所使用的文章體

學習重點說明：

◆ 學習視不同的場合，使用不同的文章表達文體。

◆ 練習不同文章文體的各種表達方式。

◆ 學習日語作文寫作格式。

一、視不同的場合，使用不同的文章表達文體

在前面兩課學習過單字語彙、句子之後，接下來要學習的是高階的造句、以及如何習寫日文文章。而面臨習寫日文文章之際，首先要認清日文文章句子結尾的「文章文體」的表達方式。文章文體的表達方式基本上有三種：「です・ます」（美化體）、「である・る」體、「だ・る」（常體）。日文之所以難學習，在於能不能夠依據不同的場合，選擇使用得宜的文章文體的表達方式。初級日文的學習階段中，大多學習過「です・ます」（美化體）與「だ・る」（常體）的表達方式。簡單來說，兩者間的差別在於，文章表達時要使用「です・ます」（美化體），而口語表達時要使用「だ・る」（常體）。而且，除了上述兩種表達文體之外，還有適合用於客觀論述、中立表達的「である・る」體。了解有此三種文體之後，在進入本課主題之前，為了達到溫故知新，以及奠定更紮實的日文基礎的效果，讓我們先來複習「です・ます」（美化體）與「だ・る」（常體）在接續不同詞性時的不同表達方式。

大部分的日文學習者，大多是從「です・ます」（美化體）開始接觸、學習日文。只要能精準、熟練地使用「です・ます」（美化體），不用說，日文的說、寫能力，一定可以獲得極高的評價。但是剛剛也提過，「です・ます」（美化體）不是日文唯一的文章文體表達方式。真正日文的高手，要能依照不同場合的需要，來調整適合使用的文體。依序說明如下。

二、「です・ます」（美化體）的各種表達方式

「です・ます」在日文文體表達上被稱為「美化體」。它適用於正式的公開場合或面對長者、客戶，以及正式文章的表達時，好像盛裝出席社交場合一樣地鄭重其事。「です・ます」的時態，會因為前面所接續的詞性不同，而有以下各種不同的表達方式。

	現 在 式			過 去 式		
	肯定句	否定句	推量句	肯定句	否定句	推量句
名詞	日本語 です	日本語では ないです	日本語 でしょう	日本語 でした	日本語では なかったです	日本語だった でしょう
形容動詞 （ナ形容詞）	便利 です	便利では ないです	便利 でしょう	便利 でした	便利では なかったです	便利だった でしょう
形容詞 （イ形容詞）	美しい です	美しく ないです	美しい でしょう	美しかった です	美しくなかった です	美しかった でしょう
動詞	勉強 します	勉強 しません	勉強する でしょう	勉強 しました	勉強しません でした	勉強した でしょう

要用美化體來表達時，如同表格中的範例，當前面接續名詞、形容動詞、形容詞時，在其後面要加「です」，至於動詞連用形的後面，則是加「ます」。

其中「です」有時態的變化。「です」本身就是現在式，而現在式的否定形為「ではないです」或「ではありません」，現在式的推量形為「でしょう」；過去式為「でした」，過去式的否定形為「ではなかったです」或「で

はありませんでした」，過去式的推量形為「だったでしょう」。若能依此方法接續在名詞或形容動詞之後，大概不成問題。但是，當接續在形容詞之後，就需要加倍小心。

要表達形容詞的現在式時，「です」直接接續在其後成為「美しいです」。但現在式的否定句不是「美しいではありません」，而是先將形容詞改成否定形「美しくない」之後，再加「です」。同樣的，形容詞的過去式也不是「美しいでした」，而是先將形容詞改成過去式「美しかった」之後，再加「です」。有關這一部分，是即使多次提醒學生，學生還是很容易犯錯的地方，請當心。

至於「ます」也有時態的變化。「ます」本身就是現在式，現在式的否定形為「ません」，現在式的推量形為該動詞的終止形之後加「でしょう」；過去式為「ました」，過去式的否定形為「ませんでした」，過去式的推量形為「たでしょう」。若能依此方法接續在動詞連用形（簡稱第二變化）之後，應該沒有問題才對。

三、「だ・る」（常體）的各種表達方式

　　「だ・る」在日文文體表達上被稱為「常體」，常常拿來與「です・ます」（美化體）對照、比較。它適用於一般私人場合或面對平輩、朋友，以及口語表達時，就好像穿家居服、沒化妝一樣的素顏、隨性。「だ・る」的時態，會因為前面所接續的詞性不同，而有以下各種不同的表達方式。

	現　在　式			過　去　式		
	肯定句	否定句	推量句	肯定句	否定句	推量句
名詞	日本語<ruby>日本語<rt>にほんご</rt></ruby>だ	日本語 ではない	日本語 だろう	日本語 だった	日本語では なかった	日本語 だったろう
形容動詞 （ナ形容詞）	便利<ruby><rt>べんり</rt></ruby>だ	便利 ではない	便利だろう	便利だった	便利では なかった	便利 だったろう
形容詞 （イ形容詞）	美<ruby><rt>うつく</rt></ruby>しい	美しく ない	美しかろう	美しかった	美しく なかった	美しかった だろう
動詞	勉強<ruby><rt>べんきょう</rt></ruby>する	勉強 しない	勉強する だろう	勉強した	勉強 しなかった	勉強した だろう

　　一般人在入門階段熟悉了「です・ます」（美化體）之後，常常會抱怨怎麼跟日劇中的說法不太一樣，甚至還有大三短期留學回來的人也有同樣的反應。的確，「だ・る」（常體）是用於比較不正式的場合，或是三五好友私底下交談時使用。日劇中常聽到的，或是出國留學時與日本人私底下交往對方常說的，當然是「だ・る」（常體）。話說回來，給個良心建議，還是熟悉使用「です・ます」（美化體）才識大體，因為不至於因不得體而失禮。

如同表格中的範例，使用「だ・る」（常體），會因前面接續的語彙詞性的不同，而有不同的接續方式。例如名詞、形容動詞後面加「だ」，動詞直接使用終止形「る」（簡稱第三變化）即可。只是在接形容詞時，「美<ruby>しい<rt>うつく</rt></ruby>」之後不用加「だ」，否定句「美<ruby>しくない<rt>うつく</rt></ruby>」之後也不用加「だ」。

　　「だ」也有時態的變化。「だ」本身為現在式，現在式的否定形為「ではない」，現在式的推量形為「だろう」；過去式為「だった」，過去式的否定形為「ではなかった」，過去式的推量形為「だったろう」。若能依此方法接續在名詞或形容動詞之後，大概不成問題。但是，當接續在形容詞之後，就需要多加留意。

　　在接續形容詞的現在式時，不用多加「だ」，只要「美<ruby>しい<rt>うつく</rt></ruby>」即可。現在式的否定句時，不是「美<ruby>しいではない<rt>うつく</rt></ruby>」，而是直接將形容詞改成否定形「美<ruby>しくない<rt>うつく</rt></ruby>」即可。至於形容詞現在式的推量句，「美<ruby>しい<rt>うつく</rt></ruby>」之後是加「だろう」，或是直接將形容詞改成推量形「美<ruby>しかろう<rt>うつく</rt></ruby>」即可。當接形容詞的過去式時，也不是「美<ruby>しいだった<rt>うつく</rt></ruby>」，而是直接將形容詞改成過去式「美<ruby>しかった<rt>うつく</rt></ruby>」即可。這部分很容易出錯，請當心。

　　至於「る」也有時態的變化。變化時是以該動詞加以變化，分別為：現在式的否定形加「ない」、推量形加「だろう」、過去式加「た」、過去式的否定形加「なかった」、過去式的推量形加「ただろう」即可。比起形容詞，動詞的接續問題不大。

四、客觀、中立的「である・る」 體的表達方式

「である・る」體介於「です・ます」（美化體）與「だ・る」（常體）之間，直接稱呼「である・る」體即可。它適用於不用盛裝打扮或是一般輕鬆家居的場合。如果覺得使用「です・ます」（美化體）顯得太過鄭重，但使用「だ・る」（常體）又太過於隨性，這時候就需要「である・る」體上場了。

簡單來說，「です・ます」（美化體）太過美化，而「だ・る」（常體）又太過斷定，當想要盡量客觀、公正、中立表達文章時，介於其中的「である・る」體就是不二選擇，因為「である・る」體不偏不倚，擇其中庸之道。所以，當進階至要寫作專題報告或學術論文時，使用「である・る」體來撰寫，是再適當也不過的了。此部分為新的學習內容，或許有些生疏，但只要勤加練習就可以適應。

另外，「である・る」體會因為前面所接續的詞性不同，而有以下各種不同的表達方式。

	現 在 式			過 去 式		
	肯定句	否定句	推量句	肯定句	否定句	推量句
名詞	日本語 である	日本語 ではない	日本語 であろう	日本語 であった	日本語では なかった	日本語 であった だろう
形容動詞 （ナ形容詞）	便利 である	便利 ではない	便利 であろう	便利 であった	便利では なかった	便利 であった だろう

	現在式			過去式		
	肯定句	否定句	推量句	肯定句	否定句	推量句
形容詞 （イ形容詞）	美しい	美しく ない	美しい であろう	美しかった	美しく なかった	美しかった であろう
動詞	勉強する	勉強 しない	勉強する であろう	勉強した	勉強 しなかった	勉強した であろう

　　要用「である・る」體來表達時，如同表格中的範例，名詞、形容動詞後面加「である」，動詞直接使用終止形「る」（簡稱第三變化）即可。只是在接形容詞時，「美しい」之後不用加「である」，否定句「美しくない」之後也不用加「である」。

　　「である」也有時態的變化。「である」本身就是現在式，現在式的否定形為「ではない」，現在式的推量形為「であろう」；過去式為「であった」，過去式的否定形為「ではなかった」，過去式的推量形為「であっただろう」。若能依此方法接續在名詞或形容動詞之後，大概不成問題。但是，當接續在形容詞之後，就需要加倍小心。

　　在接續形容詞的現在式時，不用多加「である」，只要「美しい」即可。現在式的否定句時，不是「美しいではない」，而是直接將形容詞改成否定形「美しくない」即可。至於接續形容詞現在式的推量句時，「美しい」之後加「であろう」，或是直接將形容詞改成推量形「美しかろう」即可。當接續形容詞的過去式時，也不是「美しいであった」，而是直接將形容詞改成過去式「美しかった」即可。這部分是常出錯的地方，請務必留意。

　　另外，「る」也有時態的變化。變化時以該動詞加以變化即可：現在式的否定形加「ない」、推量形加「であろう」、過去式加「た」、過去式的否定形加「なかった」、過去式的推量形加「たであろう」。比起形容詞，動詞的接續問題不大。

　　再次重申，當「だ・る」（常體）與「である・る」體的前面接續形容詞時，不需要加上「だ」或「である」，也就是直接用形容詞的基本變化來操作即可。即形容詞的現在式否定形，為去掉語尾的「い」，改成「く」，再加上表否定意思的「ない」。而推量形為去掉語尾的「い」，改成「かろう」，或是直接加「だろう」或「であろう」。過去式為去掉語尾的「い」，改成「かった」。

　　接下來說明動詞的改寫。動詞後面本來就不能加「である」，直接用動詞第三變化（終止形）的常體來表示即可。動詞的否定句則為動詞第一變化（未然形）加上「ない」，不用再加「である」。還有推量形為動詞第三變化（終止形）加上「であろう」。動詞的過去式為動詞第二變化（連用形）加上「た」。附帶說明，動詞加上「た」會不會產生音便，端看該動詞是不是五段動詞。「カ行」、「ガ行」兩種五段動詞連用形遇到接「て」（中止形）、「た」（過去式）、「てから」（表之後）、「たり」（表動作列舉），會產生「イ音便」。而「バ行」、「ナ行」、「マ行」（把它記成「巴拿馬」是個絕招）三種五段動詞連用形來接續的話，則會產生「鼻音便」（ン音）。「タ行」、「ワ行」、「ラ行」（把它記成「裝稻米的稻草做成的袋子」是個絕招，因為它的日文唸音就是「たわら」）三種五段動詞連用形來接續的話，則會產生「促音便」（ッ音）。最後，過去式推量形為動詞第二變化（連用形）加上「た」之後，再加上「であろう」。而過去式否定句則需要先找出該動詞

的否定句（動詞第一變化（未然形）加上「ない」），再去掉語尾的「い」，改成「かった」。讀到這裡，有自信完全理解了嗎？不妨試著做做下面的練習題，來測試自己的了解程度吧！

練習題（一）

請將以下不同詞性的單字語彙，用客觀、中立的「である・る」體來表示。

不同詞性的單字	現 在 式			過 去 式		
	肯定句	否定句	推量句	肯定句	否定句	推量句
<ruby>学生<rt>がくせい</rt></ruby>						
<ruby>上手<rt>じょうず</rt></ruby>						
<ruby>面白い<rt>おもしろ</rt></ruby>						
<ruby>出席する<rt>しゅっせき</rt></ruby>						

五、改寫「です・ます」（美化體）成為「である・る」體

　　剛剛提過初學日文的學習者，入門之後就習慣用「です・ます」（美化體）來說、寫。新單元導入「である・る」體，或許會不太習慣，所以不妨用下表比較「です・ます」（美化體）和「である・る」體之間的差異。

	「です・ます」體（美化體）	「である・る」體
1	立派（りっぱ）です	立派（りっぱ）である
2	少子化（しょうしか）の結果（けっか）ではありませんか	少子化（しょうしか）の結果（けっか）ではないか
3	有名（ゆうめい）でしょう	有名（ゆうめい）であろう
4	作文（さくぶん）を書（か）きます	作文（さくぶん）を書（か）く
5	試（ため）してみましょう	試（ため）してみよう
6	食（た）べましょう	食（た）べよう
7	考（かんが）えて下（くだ）さい	考（かんが）えてほしい
8	お時間（じかん）を無駄（むだ）にしない事（こと）は大切（たいせつ）です	時間（じかん）を無駄（むだ）にしない事（こと）は大切（たいせつ）である
9	お力（ちから）になれれば、嬉（うれ）しいです	力（ちから）になれれば、嬉（うれ）しい
10	お役（やく）に立（た）つ事（こと）がありましたら	役（やく）に立（た）つ事（こと）があったら
11	お知（し）らせ下（くだ）さい	知（し）らせてほしい

看過上面將「です・ます」（美化體）改寫成「である・る」體的範例之後，相信應該比較熟練了吧！先看「です」體的部分，第1句「です」改寫成「である」；第2句的「ではありませんか」改寫成「ではないか」；第3句的「でしょう」改寫成「であろう」。

「ます」的部分之所以會有「ます」出現，當然前面絕對不是接名詞、形容動詞、形容詞，而是接動詞的連用形。要將「ます」體改寫成「る」體時，先找出該動詞的原形動詞。像第4句的「書きます」的原形動詞為「書く」，於是改成「作文を書く」。而「ます」的推量形為「ましょう」，第5句的「てみましょう」則改成意志形「てみよう」即可。相同的道理，第6句的「食べましょう」改為「食べよう」；第7句的「て下さい」改寫成「てほしい」；第8句之後的單字語彙前面加個「お／ご」，表示是敬語的表達方式，改寫時也可以直接刪除「お／ご」。第11句的敬語用法「お知らせ下さい」，將「お」刪除成為一般動詞「知らせる」，然後把它理解成後面要加「てください」，於是就可以改寫成為「知らせてほしい」了。趁著記憶猶新之際，試著做看看下面的練習題吧！

練習題（二）

將下列「です・ます」體改寫成「である・る」體。

「です・ます」體	「である・る」體
優秀です	
高齢化の現象ではありませんか	
珍しいでしょう	

「です・ます」體	「である・る」體
練習します	
直してみましょう	
飲みましょう	
説明して下さい	
お返事をくだされば、幸いです	
お電話をお待ちしております	

六、日文文章中各種標點符號的
使用與說明

　　談完日文文章文體的表達之後，接著說明日文文章中常見的各種標點符號的使用。除了最基本的「句號」、「逗號」兩種以外，仍然有一些常用的標點符號。本單元將學習認識日文的基本標點符號的含意以及正確的使用原則。

日文文章中常見的基本標點符號

日文各種標點符號	說明
。（「句点<ruby>くてん</ruby>」，相當於中文的「句號」）	標於句子結束時。日文文章中看到了句號「。」，就表示一個句子在此結束。 例如：9月<ruby>くがつ</ruby>に大学<ruby>だいがく</ruby>の三年生<ruby>さんねんせい</ruby>になる。 （九月升上大學三年級。）
、（「読点<ruby>とうてん</ruby>」，相當於中文的「逗號」）	標於句子的中間，稍微中斷句子。使句子結構更明朗，語意更清晰容易了解。日文文章中看到了逗號「、」，就表示一個句子還未結束，一直要往後找到句號「。」的地方，才表示句子結束。 例如：果物<ruby>くだもの</ruby>の中<ruby>なか</ruby>で、葡萄<ruby>ぶどう</ruby>が一番好<ruby>いちばんす</ruby>きである。 （水果中最喜歡葡萄。）
「」（「括弧<ruby>かっこ</ruby>」，相當於中文的「引號」）	用於引述他人的話或用於特別想強調的一句話、單字或專有名詞。 例如：夜寝<ruby>よるね</ruby>る前<ruby>まえ</ruby>に、家族<ruby>かぞく</ruby>に「お休<ruby>やす</ruby>みなさい」と言<ruby>い</ruby>う。 （晚上臨睡前，跟家人道聲「晚安」。）

日文各種標點符號	說明
『』（「二重括弧（にじゅうかっこ）」，相當於中文的「雙引號」）	1. 用法相當於中文的書名號，用於標式報章、雜誌、書籍名稱。 2. 除了第一個情形之外，還常見有第二個使用的情形。那就是在「」（引號）中，又再次出現「」時，則裡面的那個「」，要改寫成『』（雙引號）。 例如： ①『朝日新聞（あさひしんぶん）』は、日本（にほん）の三大新聞（さんだいしんぶん）の一（ひと）つである。 （《朝日新聞》是日本三大報紙之一。） ②教科書（きょうかしょ）には、「日本人（にほんじん）は『いいえ』を言（い）わないで、『今（いま）はいらない』と言（い）う人（ひと）が多（おお）い」と書（か）いてある。 （教科書上面寫著：「日本人不說『我不要』，而是說『現在不需要』的人很多」。）
（ ）（「円括弧（まるかっこ）」，相當於中文的「夾注號」）	用於補充說明前面的單字或一句話，放置於該單字或該句話的後面。 例如：日本（にほん）の四季（しき）（春夏秋冬（しゅんかしゅうとう））は、はっきりしている。 （日本四季（春夏秋冬）分明。）
── （「ダッシュ」，相當於中文的「破折號」）	用於解釋句子中的一個單字、一句話、專有名詞或加入補充說明，放置於該單字、該句話、該專有名詞之後。 例如：韓国（かんこく）のＧＮＩ──一人（ひとり）あたりの国民所得（こくみんしょとく）──が日本（にほん）に追（お）い付（つ）く。 （韓國的GNI──國民總所得──直逼日本。）
…… （「リーダー」，相當於中文的「刪節號」）	用於省略部分文字或話語。 例如：一点差（いってんさ）で失敗（しっぱい）した彼（かれ）は、もっと頑張（がんば）ればよかったのに……と後悔（こうかい）した。 （因一分之差而飲恨挫敗的他，後悔如果再努力一點就好了……。）

日文各種標點符號	說明
・（「中黒点 （なかぐろてん）」， 相當於中文的「間 隔號」）	1. 用法與中文的頓號「、」一樣。用於列舉同等質東西的時候。 例如：この文章（ぶんしょう）は、起（き）・承（しょう）・転（てん）・結（けつ）の四部分（よんぶぶん）によって成（な）り立（た）っている。 （這篇文章是由起、承、轉、合四部分構成。） 2. 用於外來語或西洋人人名的姓氏與名字之間。 例如：マイケル・ジャクソンは、世界的（せかいてき）に有名（ゆうめい）なスターである。 （麥可・傑克森是世界著名的大歌星。）
？（問號，日文沒有）	基本上日文疑問句也不會用此符號。雜誌、廣告用詞上多少可以看到，那是為了達到宣傳效果，建議日文文章中不要使用。
！（驚嘆號，日文沒有）	基本上日文文章中沒有此符號。雜誌、廣告用詞上多少可以看到，那是為了達到宣傳效果，建議日文文章中不要使用。

表格中已經詳細敘述日文文章中常見的基本標點符號的用法以及注意事項。再次提醒：一個標點符號就像交通號誌一樣，代表一個含意。必須先清楚了解各種標點符號的含意，才能與外界的普遍認知一致，不至於引發誤會。當然，也不允許自創符號。只要謹守規則，就能與外界溝通順暢。接下來要談的日文文章格式也相同，不小心犯規就會造成專業形象受損。做什麼就要像什麼，若寫出來的日文文章看似日文卻又不是日文，恐怕要他人正確掌握文章要傳達的意思，也非常困難。

七、有關日文文章寫作格式的說明

　　日文本來就跟中文不同，所以寫作格式當然會有差異。電腦發達的時代，用稿紙撰寫的情形越來越少，學校繳交的報告、作業，幾乎都是利用電腦文書處理。不過幾個重要的校外考試，還是會要求用稿紙撰寫日文文章。有些電腦可以幫忙妥善處理日文文章格式，例如電腦不會讓標點符號放至該行的第一個字等等。但是有些還是要撰寫者具備日文基本寫作格式的概念，才能完善處理。先來了解一下日文文章的基本格式以及注意要項。

日文文章的基本格式以及注意要項

狀況	說明	注意要項
1. 空格	每一段落開始的第一個字，應該空一格。	中文文章是空兩格才開始，不要混淆。
2. 字型	日文文章的基本字型是MS Mincho體。日文文章的標點符號須在文字與文字的右下方。如果是在文字與文字的中間，則肯定是選定字型的錯誤，或是電腦設定的格式跳掉所產生的錯誤，需要重新設定。	中文文章常見是選定新細明體或標楷體書寫。注意標點符號的位置，即可判別出是否正確。
3. 文字暨符號	原則上漢字、平假名或片假名（含促音「っ」）、句號、逗號、各種符號都要占稿紙的一格。	每一段落的開始，不可以有以下的符號）、」。』。用日文電腦打字，電腦自動會妥善處理，不用擔心。只是如果是用稿紙書寫的話，必須放置於上一行的最後一格或格子的外邊。而拗音像「きょ」，則「き」寫在一格，「ょ」要寫在另一格，「きょ」總共要占稿紙的兩格，不可以寫在同一格。

狀況	說明	注意要項
4. 阿拉伯數字與英文字母	阿拉伯數字「1、2、3、4」與英文字母「A、B、C或a、b、c」之類，原則上是兩個數字或英文字母要占稿紙的一格。	如果後面遇到、」。』這些符號，可以寫在同一格。
5. 西元年號	像西元「2012年」一樣，每個數字各占稿紙的一格。	不需要再多加「千」、「百」、「十」之類。
6. 百分比以及小數點	百分比符號「％」與小數點「．」，各要占稿紙的一格。	小數點「．」請寫在稿紙格子的正中央。如果是電腦打字橫寫的話，則為數字之後的右下角處。
7. 特殊符號	「──」（破折號）或「……」（刪節號），以占稿紙兩格的空間為宜。	如果用稿紙書寫的話，要占稿紙的兩格。

　　寫日文文章最大的禁忌，就是第一點的空格的問題。因為中文文章中每個段落的開頭是空兩格，所以寫日文時也常會一不小心就空兩格，這是致命點。切記！日文文章中每個段落的開頭是「空一格」而非「空兩格」。只要正確掌握這一點，就可以建立專業日文的形象。

　　接下來是第二點字型的問題。記得寫作日文文章要點選「MS Mincho」的字型。中文通常習慣點選「新細明體」或「標楷體」使用，這與日文文章不同。如果不小心選錯了「新細明體」或「標楷體」字型，請務必在列印出文章之前，再檢查一次。有經驗的人，從標點符號落在的位置，一眼就可以察覺出異常。標點符號「。」（句点）、「、」（読点），如果是落在單字與單字正中間，就有問題了。日文文章的標點符號「。」（句点）、「、」（読点）不會落在單字與單字正中間，而是會落在前面單字的右下角處。要不要注意觀察下面（A）、（B）句子，有什麼不同呢？

（Ａ）日本語は面白くて、役に立ちます。（MS Mincho　正確）

（Ｂ）日本語は面白くて、役に立ちます。（新細明體　不正確）
（日文既有趣又有用。）

（Ａ）句是使用「MS Mincho」字型，標點符號「。」（句点）、「、」（読点）位在前一個單字的右下角，所以是正確的。而（Ｂ）是使用「新細明體」字型，標點符號「。」（句点）、「、」（読点）位在單字與單字正中間，所以不正確。有時候明明都已經事先點選、設定了「MS Mincho」字型，怎麼列印文章出來時才發現變成了「新細明體」字型。這的確常常發生，畢竟電腦雖然方便，卻常常不聽人使喚。為了避免出錯，建議還是在工作完成之前，用人腦再做最後的確認。

在日文環境下輸入文字時，電腦會自動把原先該放在每一段落開始的標點符號，像是「）、」。』・」等，調整至前一行，所以不用擔心。只是如果是用稿紙書寫的話，就必須放置於上一行的最後一格或格子的外邊。

而像拗音「きょう」、促音「っ」，不論字體大小、片假名或是平假名，凡是假名都是一個字占一格。例如「きょう」須寫成「き」、「ょ」、「う」共占稿紙的三格，不可以寫在同一格。

多留意上述的七點注意事項，絕對能保證日文文章格式的正確。特別是第一、二、三點可以說是被奉為日文文章寫作的圭臬，是絕對不能犯的錯誤。一旦犯錯，會被認為所寫的不是日文的文章，而被質疑專業能力不足。

剛從單字語彙、片語、句子、段落的學習階段，跨越至寫作文章的階段，難免日文文章表達能力上還有詞不達意的情形。但只要不氣餒地持續多多加強基本日文學習，並廣泛閱讀日文文章，遲早有一天會進步神速。如果在此階段，不費盡心思多多注意日文文章格式的話，一來無法與外界溝通，二來日文學習停滯不前，讓自己身陷挫折感的深淵。古云：「好的開始就是成功的一半」，建議一定要從使用正確的日文文章基本格式開始，按部就班扎實打好基礎，才能事半功倍。

　　在本單元結束之前，請大家回顧一下，是否還記得前三課的所有內容與殷切的叮嚀？如果能夠好好應用這三課學習過的知識，相信再寫一次題目為「自我介紹」的作文時，一定能讓文章表達更加精湛。最後提醒：1. 文章文體使用「である・る」體。2. 文章分成四個段落來敘述，每一個段落只要交代一個主題。3. 要清楚明示出文章四個段落間的因果關係。4. 不要每一句都用「私」來開頭。因為是介紹自己，不是講「私」又會是講誰呢？多此一舉，反而顯得拖泥帶水。5. 善加利用「修飾語」的功能。

　　準備好了嗎？那就開始寫一篇與目前為止截然不同的升級版的「自我介紹」作文吧！

練習題（三）

請融會貫通前三課所吸收的知識，寫出約600字升級版「自我介紹」作文。

第4課

わたし　　　ふるさと
私の故郷

學習重點說明：

◆ 學習重點：1. 位置、距離、交通工具之相關表現
　　　　　　 2. 頻率副詞
　　　　　　 3. 程度副詞

◆ 作文範例：「私の故郷」（我的故鄉）

◆ 範例解析：1. 作文結構說明
　　　　　　 2. 單字、片語（子句）學習
　　　　　　 3. 文法說明

◆ 觸類旁通：1. 加強文法概念
　　　　　　 2. 相關單字學習

◆ 深度日文文法學習

◆ 深度解析作文範例

一、學習重點

1. 位置、距離、交通工具之相關表現

AはBにある（表位置）

〜は向かい側（右、左、隣、東、西、南、北）にある（いる）

〜は南向き（東向き、西向き、北向き）である

〜から遠い（近い）

〜からかなり遠い（近い）

〜から少しも遠くない（近くない）

〜から歩いて10分ぐらい掛かる所にある

〜から車で10分ぐらい掛かる所にある

〜から走って10分ぐらい掛かる所にある

〜から〜まで10キロである

〜より〜までバスで2時間掛かる

〜より〜までＭＲＴ（台北新交通システム）で１時間掛かる

〜より〜まで飛行機で2時間掛かる

〜より〜まで高鉄（台湾新幹線）で９０分掛かる

2. 頻率副詞

いつも（文章用語　つねに）

よく（文章用語　たびたび）

<ruby>偶<rt>たま</rt></ruby>に

<ruby>時々<rt>ときどき</rt></ruby>

<ruby>余<rt>あま</rt></ruby>り〜ない

<ruby>殆<rt>ほとん</rt></ruby>ど〜ない

<ruby>滅多<rt>めった</rt></ruby>に〜ない

<ruby>全然<rt>ぜんぜん</rt></ruby>〜ない

<ruby>全<rt>まった</rt></ruby>く〜ない

頻率由高至低

3. 程度副詞

文章用語	口語	補充說明	中譯
<ruby>非常<rt>ひじょう</rt></ruby>に	とても／<ruby>超<rt>ちょう</rt></ruby>（俗）		非常
<ruby>大変<rt>たいへん</rt></ruby>	とても／<ruby>超<rt>ちょう</rt></ruby>（俗）		非常
かなり	けっこう		非常
なかなか	けっこう	可接否定，亦可接肯定	非常
<ruby>少<rt>すこ</rt></ruby>し	ちょっと／プチ（俗）		一點點
<ruby>少<rt>すこ</rt></ruby>しも	ちっとも	下接否定	一點也（不）
<ruby>全然<rt>ぜんぜん</rt></ruby>	×	下接否定	完全（不）

文章用語	口語	補充說明	中譯
全く	×	下接否定	完全（不）
決して	×	下接否定	絕（不）
殆ど	×	下接否定	幾乎（不）

二、作文範例 「私の故郷」

　私の故郷は嘉義である。台湾の台中より南にあり、北回帰線が通っているので、台北より比較的暖かく、農産物の豊かな所である。最近、高鉄（台湾新幹線）が整備されて、交通の便がよくなった。台北から嘉義まで各駅停車の高鉄で行くと、90分ぐらいで行けるようになった。スピードの速い高鉄がなかった時代と比べると、台湾社会の日進月歩には目を見張るものがある。

　嘉義の観光名勝地と言えば、何といっても、日の出と檜が有名な「阿里山」を挙げなくてはならない。嘉義の国鉄駅から中央山脈の一部となっている「阿里山」までは、森林鉄道が人気を集めていて、外国から来た観光客でいつも賑わっている。そのため、「阿里山」の森林鉄道のチケットはなかなか手に入らない。森林鉄道以外に、自家用車やバスを利用して、山を切り開いた山道をドライブして、延々と続く山々の緑を楽しみ、美味しい空気を思う存分に吸い込むルートもお薦めである。

　一方、嘉義の西側にある海に近い北港という町には、有名な「天后宮」がある。「天后宮」では、漁民を護り、貧しい人々を助けた「媽祖」（俗名は「林黙娘」）が台湾人に愛され、祭られている。毎年「媽祖」の誕生日になると、全国から大勢の信者が集り、連日連夜、宗教行事が盛大に行なわれる。台湾人にとって、これこそ巨大な信仰心のシンボルと言えよう。さらに、北港より反対の東へ向かっていくと、「梅山」という山里がある。有名な台湾文学者張文環の文学作品『土にはうもの』は、まさにこの故郷「梅山」を背景にして描いた作品である。

「梅山」を訪れることがあったら、そこの名物である梅と筍をぜひ味わってみてほしい。

　さて、私の話になるが、高校を卒業した年に、家族全員が故郷の嘉義から高雄に引っ越した。続いて、台北の大学に入り、日本へ留学していた私は、長い間故郷の嘉義に帰っていない。しかし、機会があったら、今の自分が出来た原点とも言える故郷嘉義をもう一度訪ねたい。たとえ、知っている人が少なくなっていても、土地がさびれていても、嘉義が私の愛しい故郷であることは、永遠に変わらない。

三、範例解析

（一）作文結構說明

第一段落　介紹故鄉的地理位置、氣候、交通

第二段落　介紹著名的觀光勝地

第三段落　介紹宗教信仰、人文、物產

第四段落　敘述故鄉對作者的涵義

（二）單字、片語（子句）學習

きたかいきせん 北回帰線（北回歸線）	かんこうめいしょうち 観光名勝地（觀光勝地）
にっしんげっぽ 日進月歩（日新月異）	ちょうぶんかん 張文環（張文環）
め　み　は 目を見張るものがある （令人瞠目結舌）	しゅうきょうぎょうじ 宗教行事（宗教祭典）
しんりんてつどう 森林鉄道（森林小火車）	さっとう 殺到（蜂擁而至）
エムアールティー　　タイペイしんこうつう ＭＲＴ（台北新交通システム）（捷運）	かくえきていしゃ 各駅停車（非直達車而是每站都停）
こうてつ　　たいわんしんかんせん 高鉄、台湾新幹線（高鐵）	しんこうしん 信仰心（信仰虔誠）
ちゅうおうさんみゃく 中央山脈（中央山脈）	おも　　ぞんぶん 思う存分（十分隨興）

（三）文法說明

1. AはBにある（表位置）

例句

①台湾は東アジアにある。（台灣位處東亞。）

②淡水は淡水河の海に出る所にある。（淡水位處淡水河的出海口。）

③駅は学校から歩いて２０分ぐらい掛かる所にある。

（車站位於從學校走路約二十分鐘的地方。）

2.「て（で）」的用法（用法有二：①稱為「中止形」來承上接下；②輕微表示原因）

「て（で）」接續各類詞性的不同

各類詞性	接續方法	例子
名詞＋「中止形」（で）	名詞＋で	学生で
形容動詞＋「中止形」（で）	形容動詞語幹＋で	綺麗で
形容詞＋「中止形」（て）	形容詞原形去掉「い」加「くて」	赤くて
動詞＋「中止形」（て）	動詞連用形加「て」，遇到需要「鼻音便」的地方，則成為「で」	来て読んで

例句

①朝起きて、歯を磨いて、朝御飯を食べた。

【此時的「て」承上接下連接動作。】（早上起床、刷牙、吃早餐。）

②暑くて、日射病になった。

【此時的「て」表示原因，才會造成之後的中暑結果。】（因為熱而中暑。）

3. 〜と言えば、何と言っても〜を挙げなければならない（由某個話題聯想起另一最具代表的事物）

例句

台湾の珍しい食べ物と言えば、何と言っても「臭豆腐」を挙げなければならない。

（說到台灣稀奇的食物，怎麼樣也不能不提到「臭豆腐」。）

4. なかなか（用法有二：①接肯定句時意思為「非常」；②接否定句時意思為「難於」）

例句

①この店で売り出すヒット商品は、なかなか評判がよい。

（這家商店販賣的暢銷商品，風評非常好。）

【此句的「なかなか」是副詞，修飾「よい」的程度。】

②この店で売り出すヒット商品は、なかなか入手出来ない。

（這家商店販賣的暢銷商品，很難買得到。）

【此句的「なかなか」是副詞，修飾「入手出来ない」這件事。】

5. より（用法有三：①起始點，意思為「自」；②用於比較，意思為「比起」；③副詞用法，意思為「更」）

例句

①ただ今より、晩餐会を開始します。（謹於此刻，開始今天的晚宴。）

②台北より、嘉義の方が静かである。（比起台北，嘉義比較幽靜。）

【「～より、～の方が～」為日文表達比較級的基本句型。】

③より明るい明日を迎えて下さい。（敬請迎接更光明的未來。）

【より相當於もっと之意。】

6. たとえ（後面要接續「ても」或「でも」才完整，意思為「即使」）

例句

①たとえお金が無くても、彼（彼女）が側にいてくれれば、十分である。

（即使沒錢，只要有他（她）在我身邊，我就心滿意足了。）

②たとえ世界が滅びても、母の子供への愛は永遠に続く。

（即使地球滅亡，母親對孩子的愛永恆不變。）

③たとえ得体の知れない宇宙人でも、あなたを愛している気持ちは変わらない。

（即使你是摸不著底細的外星人，我愛你的心是永遠不變的。）

四、觸類旁通

（一）加強文法概念

1. 日文的平敘句、比較句、最高級句型的表達方式

> 例句

① 林<ruby>林<rt>りん</rt></ruby>さんはハンサムである。　【平敘句】

（林先生英俊。）

② <ruby>李<rt>り</rt></ruby>さんより、<ruby>林<rt>りん</rt></ruby>さんの<ruby>方<rt>ほう</rt></ruby>が、ハンサムである。　【比較級】

（林先生比李先生英俊。）

③ <ruby>林<rt>りん</rt></ruby>さんほどハンサムな<ruby>人<rt>ひと</rt></ruby>はいない。　【ほど表示最高標、最高級】

（沒有比林先生更英俊的人。）

2. 最高標「ほど」與最低標「ぐらい」的表達方式

> 例句

① <ruby>日本<rt>にほん</rt></ruby>ほど<ruby>気持<rt>きも</rt></ruby>ちよく<ruby>買<rt>か</rt></ruby>い<ruby>物<rt>もの</rt></ruby>が<ruby>出来<rt>でき</rt></ruby>る<ruby>国<rt>くに</rt></ruby>はない。

　【最高標，意思為「無與倫比」。】（沒有比日本更能讓人開心購物的國家了。）

② <ruby>日本語学科<rt>にほんごがっか</rt></ruby>の<ruby>四年生<rt>よねんせい</rt></ruby>になったのだから、「あいうえお」ぐらいは<ruby>出来<rt>でき</rt></ruby>る

であろう。　【最低標，意思為「至少」。】

（都已經日文系四年級的學生了，至少會日文50音吧！）

3. 前接數量詞的「ほど」、「ぐらい」、「ばかり」，三者可以互換，
意思為「大約」。

例句

①お客様が三人ほどお見えになった。（客人大約來了三位。）

②毎日六時ぐらいに目を醒ます。（每天一到六點左右，眼睛就醒來。）

③眠たいから、先ほどからコーヒーをもう三杯ばかりも飲んだ。

（因為好想睡，從剛剛開始就已經喝了三杯左右的咖啡。）

（二）相關單字學習

国鉄（鐵路局）	空港（機場）
高速道路（高速公路）	シルバーシート（博愛座）
首都高速道路（首都高速公路）	無料送迎バス（免費接駁車）
自由席（自由座車廂）	片道（單程票）
指定席（對號座車廂）	往復（來回票）
グリーン車（商務車廂）	一方通行（單行道）
6号車（6號車廂）	歩行者天国 （進止車輛進入的行人專用步道）

五、深度日文文法學習

1. 同樣表示原因的「て」、「から」、「ので」三者間的差異性

①熱を出して、学校を欠席した。

②熱を出しているから、学校を欠席した。

③熱を出しているので、学校を欠席した。

以上三句例句，中文翻譯都是「因為發燒而上課缺席」，但是其實是有以下兩個差異。

★接續詞性的不同

「から」和「ので」接續不同詞性時的表現

「から」的接續	「ので」的接續
名詞だから	名詞なので
形容動詞だから	形容動詞なので
形容詞から	形容詞ので
動詞終止形+「から」	動詞連體形+「ので」

基本上，「から」前接各類詞性的終止形（簡稱第三變化），而「ので」前接各類詞性的連體形（簡稱第四變化）。

★語感的不同

中止形的「て」，不像「から」、「ので」那麼直接明確表示理由，只是輕微表示原因。除此之外，「から」和「ので」也有一點點不一樣。其中

「から」表示主觀的原因：本身一發燒，身體不舒服就會缺課。另外，「ので」表示客觀的理由：本身沒有一發燒就缺課的傾向，但可能像法定傳染疾病腸病毒一樣，覺得發燒容易傳染他人，所以基於客觀因素才缺課的。

2. 外形雷同的「向く」（自動詞）、「向ける」（他動詞）、「向かう」（自動詞）三個動詞間的差異性

例句

①後ろで何か音がするから、後ろを向いて見た。

（因為後面有聲音作響，所以轉身回頭一望。）

【還有「そっぽを向く」的慣用說法，意思為「把臉轉開，不理不睬」。】

②写真を撮りますので、顔をこちらへお向け下さい。

（要拍照片了，請將臉轉過來這個方向。）

③受験のために、毎日机に向かって勉強している。

（因為考試，每天坐在書桌前用功準備。）

「向く」和「向ける」為「自動詞」與「他動詞」的相對關係。「向く」（自動詞）是自己的正面與某個方向一致，使用時，習慣以「〜を向く」的形式出現，但此時的「を」，並非表示補語的受格，而是表示經過的場所或地點。而「向ける」（他動詞）是有意志地控制，讓自己面向某個物體，常以「〜を向ける」的形式出現，且此時的「を」，當然是表示補語的受格。

而另一個「向かう」，則為「自動詞」，習慣以「〜に向かう」的形式出現，是動作主體朝向某一中心點，聚精會神或前進之意，另外也有「明日の深夜、飛行機でカナダに向かって出発する。」（明天深夜搭飛機出發前往加拿

大。）這樣的說法。此類性質的語彙群，外表看似雷同，用法卻差異不小。這在日文中，就叫做「類義語」。以後須多費心學習這一方面，以加強日文實力。

3. 格助詞「を」的三種基本用法

①表受格

例句

母の手料理を食べるのは久しぶりである。

（終於吃到久違的母親親手做的菜了。）

【「を」為他動詞「食べる」的受格，上接補語「母の手料理」。】

②表經過的場所地點

例句

空を飛ぶ鳥のように、自由に生きていきたい。

（希望像飛翔在天空的小鳥一般，自由自在地活下去。）

【「を」接續於自動詞「飛ぶ」之前，意思為「飛ぶ」這個動作所經過的場所地點。「川を渡る」、「トンネルを通る」、「山を登る」、「峠を越える」等「を」的用法都一樣。】

③表起始點

例句

会社が遠いから、朝早く家を出ることにしている。

（因為公司離家遠，清晨就出門。）

【「を」接續於自動詞「出る」之前，表示「出る」動作的起始點。】

六、深度解析作文範例

技巧

　　看下文之前，先試著把握下面的技巧，鍛鍊解讀日文文章的能力（解構能力）。之後，依此日文文章的特性，重新組裝成自己要表達的日文意思（結構能力），以期撰寫出近乎自然、流暢的日語作文。

1. 找出每個句子的「は」或「が」所在的地方，先把它圈起來，那是「主語」所在。如果一個句子中同時出現「は」以及「が」，那就小心判別「大主語」、「小主語」的所在。

2. 找到「主語」（「は」或「が」）之後，就找該「主語」的「述語」。

3. 找到「主語」和「述語」之後，再找看看「主語」的「述語」的「修飾語」。

4. 如果「述語」是動詞，找看看前面有沒有表示受格的「を」。如果有，則再往前找「を」之前的「補語」。

5. 如果有「補語」，則再往前找「補語」之前的「修飾語」。

「私の故郷」（我的故鄉）

主語 　　述語　　　　　　　　主語「私の故郷」省略 　述語　　修飾語

私の故郷は嘉義である。台湾の台中より南にあり、北回帰線が通っ

述語

ているので、台北より比較的に暖かくて、農産物の豊かな所である。

主語　　　　　　　　　　　述語　　　　　修飾語 主語　　　述語

最近高鉄（台湾新幹線）が整備されて、交通の便がよくなった。

主語「私達」省略　修飾語　　　　　　　接續助詞　　　　　　　修飾語

台北から嘉義まで各駅停車の高鉄で行くと、９０分ぐらいで行ける

述語　　修飾語　　　　　　　　　　　　格助詞　接續助詞

ようになった。スピードの速い高鉄がなかった時代と比べると、

修飾語　　　　　　　　　　　　　　　主語　　述語

台湾社会の日進月歩には目を見張るものがある。

我的故鄉是嘉義。由於位於台灣的台中以南、有北回歸線通過，所以和台北比較起來，是較為暖和、農產品富饒的地方。最近高鐵（台灣新幹線）開通之後，交通變得便利許多。從台北到嘉義搭乘每站都停靠的高鐵列車，只要九十分鐘就能抵達。和還沒有快速的高鐵時代相比，台灣社會日新月異的進步，實在令人驚嘆不已。

補充說明文法重點：

「と」為接續助詞。動詞終止形（簡稱為第三變化）之後接續「と」，表示順接確認條件的恆常接續，亦即前項的條件一成立，後項的事情常常會伴隨

著發生。一般而言，日文的句子可以分為「単文」（單句）、「重文」（重句）、「複文」（複句）。詳細說明如下：

1.「単文」（單句）：單純只有一個主語和一個述語構成的一個句子。

主語　主格　　述語

雨 が 降る。（下雨。）

　　此句是由一個主語「雨」，加一個述語「降る」組合而成的一個句子。

2.「重文」（重句）：兩個以上的主語和兩個以上的述語構成的一個句子。

主語 主格　述語　　主語 主格　述語

風 が 吹き、雨 が 降る。（刮風、下雨。）

　　此句是由兩個主語「風」、「雨」，加上兩個述語「吹く」、「降る」，並列組合而成的一個句子。

3.「複文」（複句）：由兩個子句構成的一個完整的句子。

主語 主格　述語 接續助詞 主語 主格　述語

風 が 吹く と、雨 が 降る。（一刮風就下雨。）

　　此句是由第一句「風が吹く」與第二句「雨が降る」，透過接續助詞「と」的連結而組合成「風が吹くと、雨が降る。」的一個句子。雖然整個句中有「吹く」、「降る」兩個述語，但因為已經由接續助詞「と」來表示順接確立的條件，所以暫時先在此切斷。「と」之前的內容（亦即第一個子句），可以看做是提示的前提，從屬於重點所在的第二個子句。也就是說，此「風が吹くと、雨が降る。」句子的真正述語，是第二個子句的「降る」。再進一步來看，第二句的「雨が降る」，日文稱為「主節」（主節），是主要的句子所在，

可以視為正宮。而第一句的「風が吹く」，日文稱為「従属節」（從屬節），是從屬於主要的句子，可視為妃子。中文意思為「一刮風就下雨」。這樣的句子結構，在日文就稱做「複文」（複句）。

第二段落

修飾語　接續助詞　修飾語
嘉義の観光名勝地と言えば、何といっても、日の出と檜が有名な

補語　述語　修飾語
「阿里山」を挙げなくてはならない。嘉義の国鉄駅から中央山脈の

主語　補語　述語
一部となっている「阿里山」までは、森林鉄道が人気を集めていて、

修飾語　述語　修飾語
外国から来た観光客でいつも賑わっている。そのため、「阿里山」の

主語　述語　修飾語
森林鉄道のチケットはなかなか手に入らない。森林鉄道以外に、

自家用車やバスを利用して、山を切り開いた山道をドライブして、

延々と続く山々の緑を楽しみ、美味しい空気を思う存分に吸い込む

主語　述語
ルートもお薦めである。

　　話說嘉義的觀光勝地，首推以日出和檜木聞名的「阿里山」。從嘉義的火車站到屬於台灣中央山脈一部分的「阿里山」，森林小火車最受歡迎，來自國外的觀光客絡繹不絕。於是，「阿里山」的森林小火車常常一

票難求。除了森林小火車之外，也推薦自己開車或是搭乘大眾運輸的巴士上山，使用這一條路線，可以馳騁在鑿闢山林建造而成的山間道路上，徜徉在綿延不絕、綠意盎然的秀麗山林中，呼吸著清淨、新鮮的乾淨空氣，身心舒暢。

補充說明文法重點：

　　「ば」為接續助詞。動詞已然形（簡稱為第五變化）之後接續「ば」，表示前項的條件一成立，後項的事情必定會發生。文中「嘉義の観光名勝地と言えば、何といっても、日の出と檜が有名な「阿里山」を挙げなくてはならない。」當中，「挙げなければならない」才是真正的述語所在，這也是上面提過「複句」的表達方式。「ば」在表示順接確認條件的用法上，與「と」大同小異，但還是有各自所沒有的特殊用法。說明如下：

1.「と」常常會用於自然現象或是在某原理下發生的情況。

　　例句

　　自動ドアの前に立つと、ドアが自然に開く。

　　（一站在自動門前面，門就會自動打開。）

2.「ば」使用於事情正反兩面假設，也就是說如果做了之後會如何？言下之意表示如果不做，那情況又會如何？另外，表示並列情況時，也可以使用「ば」。

　　例句

　　雨が降れば、行かない。（雨が降らなければ行く。）

　　（下雨就不去。言下之意也表示如果不下雨就去。）

　　日本人もいれば、外国人もいる。（有日本人，也有外國人。）

第三段落

<ruby>修飾語</ruby>　　　　　　　　　　　　　　　　　　修飾語　主語

一方、<ruby>嘉義<rt>いっぽう</rt></ruby>の<ruby>西側<rt>にしがわ</rt></ruby>にある<ruby>海<rt>うみ</rt></ruby>に<ruby>近<rt>ちか</rt></ruby>い<ruby>北港<rt>べいかん</rt></ruby>という<ruby>町<rt>まち</rt></ruby>には、<ruby>有名<rt>ゆうめい</rt></ruby>な「<ruby>天后<rt>てんこう</rt></ruby>

述語　　　　　　　　　　修飾語

<ruby>宮<rt>ごん</rt></ruby>」がある。「<ruby>天后宮<rt>てんこうごん</rt></ruby>」では、<ruby>漁民<rt>ぎょみん</rt></ruby>を<ruby>護<rt>まも</rt></ruby>り、<ruby>貧<rt>まず</rt></ruby>しい<ruby>人々<rt>ひとびと</rt></ruby>を<ruby>助<rt>たす</rt></ruby>けた

主語　　　　　　　　　　　　　　　　　述語　　述語

「<ruby>媽祖<rt>まそ</rt></ruby>」（<ruby>俗名<rt>ぞくみょう</rt></ruby>は「<ruby>林黙娘<rt>りんもうにょう</rt></ruby>」）が<ruby>台湾人<rt>たいわんじん</rt></ruby>に<ruby>愛<rt>あい</rt></ruby>されて、<ruby>祭<rt>まつ</rt></ruby>られている。

修飾語　　　　　　　修飾語　　　主語　述語

<ruby>毎年<rt>まいとし</rt></ruby>「<ruby>媽祖<rt>まそ</rt></ruby>」の<ruby>誕生日<rt>たんじょうび</rt></ruby>になると、<ruby>全国<rt>ぜんこく</rt></ruby>から<ruby>大勢<rt>おおぜい</rt></ruby>の<ruby>信者<rt>しんじゃ</rt></ruby>が<ruby>集<rt>あつ</rt></ruby>り、<ruby>連日連<rt>れんじつれん</rt></ruby>

主語　　　　　　　述語　　　　　　　　主語　　修飾語

<ruby>夜<rt>や</rt></ruby>、<ruby>宗教行事<rt>しゅうきょうぎょうじ</rt></ruby>が<ruby>盛大<rt>せいだい</rt></ruby>に<ruby>行<rt>おこ</rt></ruby>なわれる。<ruby>台湾人<rt>たいわんじん</rt></ruby>にとって、これこそ<ruby>巨大<rt>きょだい</rt></ruby>な

格助詞　述語　　　　　　　修飾語　　　　　　述語

<ruby>信仰心<rt>しんこうしん</rt></ruby>のシンボルと<ruby>言<rt>い</rt></ruby>えよう。さらに、<ruby>北港<rt>べいかん</rt></ruby>より<ruby>反対<rt>はんたい</rt></ruby>の<ruby>東<rt>ひがし</rt></ruby>へ<ruby>向<rt>む</rt></ruby>かって

接續助詞　修飾語　　　主語　述語　修飾語

いくと、「<ruby>梅山<rt>めいさん</rt></ruby>」という<ruby>山里<rt>やまざと</rt></ruby>がある。<ruby>有名<rt>ゆうめい</rt></ruby>な<ruby>台湾文学者張文環<rt>たいわんぶんがくしゃちょうぶんかん</rt></ruby>の

主語　　　　　　　修飾語

<ruby>文学作品<rt>ぶんがくさくひん</rt></ruby>『<ruby>土<rt>つち</rt></ruby>にはうもの』は、まさにこの<ruby>故郷<rt>ふるさと</rt></ruby>「<ruby>梅山<rt>めいさん</rt></ruby>」を<ruby>背景<rt>はいけい</rt></ruby>にして

述語　　　　修飾語　　　　　主語　述語　接續助詞　修飾語

<ruby>描<rt>えが</rt></ruby>いた<ruby>作品<rt>さくひん</rt></ruby>である。「<ruby>梅山<rt>めいさん</rt></ruby>」を<ruby>訪<rt>おとず</rt></ruby>れることがあったら、そこの<ruby>名物<rt>めいぶつ</rt></ruby>で

補語　補語　　　述語　　述語　述語

ある<ruby>梅<rt>うめ</rt></ruby>と<ruby>筍<rt>たけのこ</rt></ruby>をぜひ<ruby>味<rt>あじ</rt></ruby>わってみてほしい。

還有，在嘉義西邊臨海的北港鎮內，擁有遠近馳名的「天后宮」。「天后宮」中奉祀著受到台灣人愛戴的保佑漁民、幫助窮苦人家的「媽祖」（俗名為林默娘）。每年一到媽祖生日時，蜂擁而至的台灣各地的信眾們，連續好幾天好幾夜，盛大地舉辦了宗教慶典。信仰媽祖，成為台灣人虔誠民間信仰的象徵。而往北港相反方向的東邊行走，會來到山城「梅山」。著名的台灣文學家張文環的文學作品《滾弟郎》，就是以故鄉「梅山」為故事背景描繪而成的小說。有機會光臨「梅山」時，希望你務必嚐嚐看當地的名產──梅子跟筍子。

補充說明文法重點：

　　「たら」為接續助詞。動詞連用形（簡稱為第二變化）之後接續「たら」，表示前項的條件一成立，就會有後項事情的發生。文中「「梅山」を訪れることがあったら、そこの名物である梅と筍をぜひ味わってみてほしい。」，真正的述語是「味わってみてほしい」，這也是上面提過「複句」的表達方式。「たら」在表示順接確立條件的用法上，與「と」、「ば」部分雷同，可以互換。只是「たら」也有「と」、「ば」所沒有的獨自用法，像是句中有「下さい」等請託之詞時，只能用「たら」。

例句

家の近くに来たら、ぜひともお電話を下さい。

（來到寒舍附近，請務必來電連絡。）

第四段落

修飾語 述語 修飾語 主語 修飾語
さて、私の話になるが、高校を卒業した年に、家族全員 が 故郷の

述語 修飾語
嘉義から高雄に引っ越した。続いて、台北の大学に入り、日本へ留学

主語 修飾語 修飾語 述語 接續詞 主語
していた私 は 、長い間故郷の嘉義に帰っていない。しかし、機会 が

述語 接續助詞 修飾語 補語 述語
あっ たら 、今の自分が出来た原点とも言える故郷嘉義 を もう一度訪ね

修飾語 主語 述語 主語 述語
たい。たとえ、知っている人 が 少なくなっていても、土地 が さびれて

修飾語 主語 述語
いても、嘉義が私の愛しい故郷であること は 、永遠に変わらない。

　話說高中畢業那年，全家從故鄉嘉義搬到高雄。之後進入台北的大學就讀，又留學日本的我，有好長一段時間沒有回到故鄉嘉義。但是，有機會我想再次回到造就現在的我的原點——故鄉嘉義。雖然可能認識的人會越來越少，地方的經濟也越來越蕭條，但是嘉義永遠都是我內心深愛著的故鄉，永遠不會改變。

練習作文「私の故郷」（我的故郷）

下面的單字請標示唸音：

①発揮　発端　発起人　発つ　十時発　出発

②言葉　一言　言語　言語道断

③事柄　他人事　悩み事　事務的

④実業家　実際　実る　実りの多い

⑤仮定　仮名　仮処分

⑥借り家　借り手　借金

⑦黄金　金銭　金色　金持ち

⑧酒　居酒屋　酒屋　日本酒　酒気

⑨風邪　風　風車　風船　風力

⑩手本　小切手　手腕　手の平

⑪足　足す　足りる　不足　補足　蛇足

⑫歩く　歩む　歩道　一歩

⑬出す　出る　出入り　出方　日の出　脱出　出発

⑭軽い　気軽に　剽軽　軽食　軽自動車

⑮長い　長生き　長寿　長距離バス　長距離電話　一長一短

第5課

たいわん　れきし
台湾の歴史

學習重點說明：

◆ 學習重點：1.「時間」與「時間先後順序」之相關表現
　　　　　　2. 決心、意志之相關表現
　　　　　　3.「定局」與「個人意志」表達方式的不同

◆ 作文範例：「台湾の歴史」（台灣的歷史）

◆ 範例解析：1. 作文結構說明
　　　　　　2. 單字、片語（子句）學習
　　　　　　3. 文法說明

◆ 觸類旁通：1. 加強文法概念
　　　　　　2. 相關單字學習

◆ 深度日文文法學習

◆ 深度解析作文範例

一、學習重點

1.「時間」與「時間先後順序」之相關表現

AにBをする

〜て、〜て、〜する

〜しながら、〜する

〜してから、〜する

〜して以来、〜する

〜したら、〜する

〜する前に、〜する

〜した後で、〜する

〜している間（に）、〜する

〜しない内に、〜する

その前に、〜する。その後で、〜する。

まず、〜する。次に、〜する。そして、〜する。それから、〜する。
その後、〜する。最後に、〜する。

2. 決心、意志之相關表現

する

〜したい

〜しようと思う

〜しようと思っている

するつもりである

するつもりでいる

意志強度弱至強

3.「定局」與「個人意志」表達方式的不同

一般的「定局」	彰顯「個人意志」
〜ことになる	〜ことにする

二、作文範例 「台湾の歴史」

　台湾の歴史を知りたいと思って、台湾の観光協会のホームページを調べた。以下のように整理することが出来た。

　16世紀の大航海時代には、ヨーロッパ人が世界各地を航海し、貿易活動や植民を行った。丁度東アジアの大陸と太平洋との交差点に位置する台湾は、東洋と西洋の勢力が競い合う地域として発展してきた。その後、ポルトガル人が美しい台湾を見て、発した賛嘆の言葉「フォルモサ」（麗しい島）は、台湾を指すことになった。そして、17世紀前期には、オランダ人が安平（今の台南）に進出して拠点を作り、台湾で布教や貿易のほか、いろいろな生産活動を始めた。中国大陸福建、広東沿海の漢民族を募ることにし、台湾の開拓に力を注いだ。

　それから、短い鄭芝龍、鄭成功親子の統治時期と清朝統治の200年間、漢民族の台湾への移民が少しずつ増え、台湾の開拓を進めた。しかし、19世紀になると、帝国主義の拡張が進んでいる間に、「アロー戦争」に敗北した清朝は、1860年に台湾の淡水と台南を開港した。それ以来、多くのヨーロッパ人が台湾で貿易や特産物の開発を始めるようになり、台湾の近代化が始まった。さらに、1895年に「日清戦争」に負けた清朝は、台湾を日本に割譲した。こうして台湾は、50年間にわたり、日本の植民地統治を受けることになった。鉄道の敷設、移民の政策、日本語教育の普及などにより、台湾は伝統社会から近代社会へと転換した。

　1945年の第二次世界大戦終戦に伴って、台湾は日本の植民地統治が終わり、中華民国に返還された。しかし、1947年に、中国大陸から接収にやって来た国民党軍が台湾人に対して起こした「228事件」が、戦後の台湾社会に長い間深い傷跡を残してきた。

　それにしても、奇跡的な経済発展と戒厳令解除による目覚ましい民主化を成し遂げ、台湾は世界から注目されるようになった。いつも外来政権に統治され続けながら、独自の社会と文化を発展させてきた台湾は、近代化の発展から見ても、世界史の観点から見ても、非常に特別なケースであり、今、世界各地の歴史研究者の関心を大いに集めている。

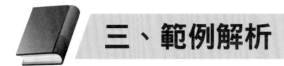

三、範例解析

（一）作文結構說明

第一段落　說明資料來源

第二段落　介紹台灣的地理位置和被開拓的起源

第三段落　介紹台灣被日本殖民之前，被許多政權統治的過程

第四段落　觸及台灣從日本回歸之後的心酸遭遇

第五段落　總結台灣社會發展受到矚目的獨特性

（二）單字、片語（子句）學習

ぼうえきかつどう **貿易活動**（從事貿易行為）	ていこくしゅぎ **帝国主義**（帝國主義）
しょくみんち とうち **植民地統治**（殖民地統治）	にっしんせんそう **日清戦争**（甲午戰爭）
こう さ てん **交差点**（十字路口）	かつじょう **割譲**（割讓）
きそ あ **競い合う**（相互競爭）	だい に じ せ かいたいせん　しゅうせん **第二次世界大戦の終戦** （第二次世界大戰結束）
うるわ しま **麗しい島**（美麗寶島）	へんかん **返還**（歸還）
きょてん **拠点**（據點）	せっしゅう **接収**（接收）
かんみんぞく **漢民族**（漢民族）	ににはち じ けん **228 事件**（228事件）
しんちょう **清朝**（清朝）	かいげんれいかいじょ **戒厳令解除**（解除戒嚴令）

（三）文法說明

1. Aに（表時間點）Bする（表在某個時間點做一件事）

例句

明日六時に出発する電車で出かけようと思っている。
あした ろく じ　　　しゅっぱつ　　　でんしゃ　で　　　　　　　　　おも

（正想搭乘明天六點出發的電車去。）

2. 不同的接續方式，動作進行的時間點也跟著不同

各類情況	例句	補充說明
Bする前に、 Aする （在做B之前， 先做A）	テレビを見る前に、食事する。 （在看電視之前，先吃飯。）	在做B動作之前，先做A動作。
Aして、Bする （做A，又做B）	食事をして、テレビを見る。 （吃飯、看電視。）	做A動作、B動作。沒有明顯強調動作之先後，但由於「て」有承上接下之意，於是意謂著A動作做完之後再接B動作。另外第4課提過「て」也表示輕微的原因理由，所以這樣的句型，可以看出A動作、B動作之間的關係，也就是有時也能看做因為A動作產生，所以做了B動作。
Aしながら、 Bする （一邊做A，一邊做B）	食事をしながら、テレビを見る。 （邊吃飯、邊看電視。）	動詞連用形（簡稱第二變化）之後加「ながら」，表示A動作、B動作同時進行。

各類情況	例句	補充說明
Aしている間、Bする （做A的當中，也做B）	食事をしている間、テレビを見る。 （吃飯時，一直盯著電視看。）	由「している間」串連起A動作和B動作。表示A動作進入的現在進行式時態中，也做了B動作。
Aしない内に、Bする （還沒做A的當中，做B）	食事を始めない内に、テレビを見る。 （趁還沒開動吃飯時，看電視。）	由「しない内に」串連起A動作和B動作。表示趁A動作還沒進入的現在進行式時態中，趕緊做B動作。
Aしてから、Bする （做了A之後，做B）	食事をしてから、テレビを見る。 （吃完飯之後，看電視。）	「てから」明顯表示動作的前後順序。絕對是做完A動作之後，才做B動作。
Aした後で、Bする （做了A之後，做B）	食事をした後で、テレビを見る。 （吃完飯之後，看電視。）	「した後で」和「てから」一樣，明顯表示動作的前後順序。絕對是做完A動作之後，才做B動作。
Aしたら、Bする （做了A之後，做B）	食事をきちんとしたら、ご褒美をもらえる。 （好好地吃完飯之後，可以得到禮物。）	第4課提過「たら」表示假定條件。而此處的「たら」則是另一個意思，表示動作前後的接續。
Aして以来、Bする （做了A之後，做B）	アメリカに亡命して以来、祖国に一度も帰っていない。 （逃亡美國之後，再也沒有回到祖國了。）	「て以来」與「てから」的意思相同，不過「てから」比「て以来」的講法更口語化。像投履歷之類的正式文件，建議使用「て以来」較佳。

3. 不同的接續方式，動作意志的強弱也跟著不同

各類情況	例句	補充說明
〜する （做）	日本へ留学する。 （去日本留學。）	單純的動作敘述。
〜したい （想做）	日本へ留学したい。 （想去日本留學。）	「したい」是「する」的希望形。表示想歸想，留學成真與否，並不太在意，也就是留學意志尚未堅定。
〜したいと思う／ 〜したいと思っている （想做）	日本へ留学したいと思う。／日本へ留学したいと思っている。 （想去日本留學。）	「したいと思う」、「したいと思っている」和表示希望的「したい」用法差不多，只是多加「と思う」、「と思っている」表達而已，可視為新的句型。而「と思う」與「と思っている」的差異，只是在於時態上的差別。
〜しようとする （想做）	日本へ留学しようとする。 （想去日本留學。）	「しようとする」為「する」的意志形。此句型顯然留學意志堅定多了。
〜しようと思う／ 〜しようと思っている （想做）	日本へ留学しようと思う。／日本へ留学しようと思っている。 （想去日本留學。）	與上述一般，可視為新的句型。而「と思う」與「と思っている」的差異，只是在於時態上的不同。
〜するつもりである （打算做）	日本へ留学するつもりである。 （打算去日本留學。）	動詞連體形（簡稱第四變化）加名詞「つもり」表示打算。除了有強烈意志要去日本留學，也意謂著有更進一步蒐集留學相關資料的具體行動。

各類情況	例句	補充說明
～するつもりでいる （心中一直打算做）	日本へ留学するつもりでいる。 （心中一直打算去日本留學。）	與上一句的句型雷同。上一句用斷定助動詞「である」結尾，而本句是以「でいる」結尾。「いる」為動詞，加「で」表示處在該狀態之下，所以和上一句一樣，留學日本意志之強烈不容小覷。不過此句所強調的，是此時的心情，都在留學日本這件事情上。

4. 與個人意志決定之不同的表達方式

各類情況	例句	補充說明
～ことにする （決定）	一コマ目の授業は 8 時 10 分に始まることになっているが、補講のため、明日は 7 時 3 0 分から授業を始めることにする。 （第一堂課雖然是八點十分開始，但是為了補課，明天從七點三十分開始上課。）	「ことにする」用於表達某件事情是由個人意志所決定。而「ことになる」則用於表達常規、社會規範、定局。
～ことになる （規定）	各航空会社の規定により、エコノミー席の乗客の荷物は、2 0 キロ以内ということになっている。 （根據各家航空公司的規定，經濟艙的旅客所能攜帶的行李要在二十公斤以內。）	可攜帶的行李重量，是航空公司考量諸多因素，開會決議實施的，非一人擅自擬訂，所以要用「ことになる」。

四、觸類旁通

（一）加強文法概念

1.「～てから」、「～たから」容易混淆之處

★「～てから」前面要接續動詞連用形（簡稱第二變化），意思為「之後」。

例句

手を洗ってから、御飯を食べる。（洗完手之後，吃飯。）

★「～たから」前面要接續動詞連用形（簡稱第二變化），動詞連用形加表過去式的「た」之後，再加表原因的「から」，意思就是「因為～了」。「～てから」與「～たから」雖然只差一字，意思可卻差很遠。

例句

もう手を洗ったから、御飯を食べる。（因為洗了手，所以要吃飯。）

2. 釐清表原因的「～たから」與表起始點的「～から～まで」

★ 表原因的「～たから」：「～たから」中的「から」，用於表示原因，前面接續名詞、形容動詞、形容詞、動詞的終止形（簡稱第三變化）。如果前面接名詞或形容動詞，切記須為「だから」。

例句

現在は国際化社会だから、言語学習が大事になってくる。

（現在國際化的社會，學習語言越形重要。）

★ 表起始點的「～から～まで」：「～から～まで」中的「から」，用於表示起始點。相對的，「まで」表示終止點。此起始點、終止點皆可為空間或時間。

例句

①日本<ruby>日本<rt>にほん</rt></ruby>から台湾<ruby>台湾<rt>たいわん</rt></ruby>まで何<ruby>何<rt>なん</rt></ruby>キロ離<ruby>離<rt>はな</rt></ruby>れているか。

（從日本到台灣，距離多少公里呢？）

②７時<ruby>時<rt>じ</rt></ruby>から８時<ruby>時<rt>じ</rt></ruby>まで空<ruby>空<rt>あ</rt></ruby>いているから、質問<ruby>質問<rt>しつもん</rt></ruby>に来<ruby>来<rt>き</rt></ruby>てもいいですよ。

（七點到八點間因為有空，也可以來問問題喔！）

3. 比較「まで」與「までに」之間的差異

★「まで」表示終止點

例句

生<ruby>生<rt>う</rt></ruby>まれてから死<ruby>死<rt>し</rt></ruby>ぬまで人間<ruby>人間<rt>にんげん</rt></ruby>は、どのぐらい寝<ruby>寝<rt>ね</rt></ruby>ると思<ruby>思<rt>おも</rt></ruby>うか。

（你認為從出生到死亡，人一生的睡眠時間有多久呢？）

★「までに」表示期限或程度：若將「まで」延伸終止點，變成「までに」的話，此處多加的「に」，就會讓「までに」含有「期限」之意。另外，表「到達點」之意的「までに」，也表「程度」，中文意思為「甚至到達某種程度」。

例句

①宿題は金曜日の午後5時までに提出することになっている。

（作業規定最慢於週五下午五點前繳交。）【表期限】

②受験者数は、３万人を越えるまでに大きく成長した。

（報考人數大幅成長至三萬人。）【表到達點】

（二）相關單字學習

宗主国（殖民國家）	イデオロギー（意識形態）
植民地（被殖民國家）	アイデンティティー（自我認同）
条約を結ぶ（締結條約）	コロニアル様式（殖民地樣式）
第一次世界大戦（第一次世界大戰）	ポストコロニアル（後殖民地時代）
戒厳令発布（發布戒嚴令）	ポストコロニアリズム（後殖民地主義）

五、深度日文文法學習

1.「～ている間」與「～ている間に」之不同

　　「～ている間」與「～ている間に」兩者只差一個字「に」，可簡單理解成「～ている間」之前接續「繼續動詞」，而「～ている間に」之前接續「瞬間動詞」。有關動詞的分類，動詞會依照分類的基準不同，有以下不同的稱呼方式。

動詞的分類

動詞分類的基準	分類內容1	分類內容2
依照「所敘述的狀態」	動態動詞，例如： 聞く、読む、話す、書く、走る、歩く、食べる、怒る、笑う、泣く等。	靜態動詞，例如： 住む、似る、いる、ある、要る、出来る等。
動態動詞中，該動詞的動作是否及於其他事物。如果及於其他事物，就是「自動詞」，例如：「試験に受かる」（考上）。如果未及於其他事物，就是「他動詞」，例如：「試験を受ける」（報名考試）	自動詞，例如： 落ちる、開く、締まる、消える、聞こえる、増える、並ぶ、冷える、倒れる、見える等。	他動詞，例如： 落とす、開ける、締める、消す、聞く、増やす、並べる、冷やす、倒す、見る等。
依照「動作是否為意志控制」	意志動詞，例如： 聞く、読む、話す、書く、走る、歩く、食べる等。	無意志動詞，例如： 疲れる、倒れる、痛む、困る、出来る、聞える、見える、読める、話せる、書ける等。

動詞分類的基準	分類內容1	分類內容2
依照「動作是否瞬間完成」或「動作是否持續一直進行」	瞬間動詞，例如：死ぬ、生まれる、入る、出る、見る、寝る、坐る、立つ、来る、行く等。	繼續動詞，例如：勉強する、文通する、読む、書く、話す、食べる、飲む、降る、吹く等。

　　當然還有其他動詞，例如移動動詞（例如：行く、回る、飛ぶ、歩く、走る、通る、渡る等）、存在動詞（例如：いる、ある等）、結果動詞（例如：落ちる、消える、着く、なる等）、感覺動詞（例如：感じる、見る、聞く等）等說法，日後見到，不妨多注意。

例句

①弟が遊んでいる間、兄は勉強をしている。○

【因為「遊ぶ」是繼續動詞】（弟弟在玩耍的時候，哥哥在唸書。）

②弟が遊んでいる間に、兄は勉強をしている。×

③家族がぐっすりと寝ている間、泥棒に入られた。×

④家族がぐっすりと寝ている間に、泥棒に入られた。○

【因為「寝る」是瞬間動詞】（小偷趁家人熟睡當中，溜了進來。）

⑤長い間、文通していない。○　【因為「文通する」是繼續動詞】

（好長的一段時間，沒有書信連絡。）

⑥長い間に、文通していない。×

2.「中」與「中に」之不同

「中」與「中」兩者只差一個字「に」，可簡單理解成「中」之後接續「繼續動詞」，而「中に」之後接續「瞬間動詞」。

例句

①午前中、客が来た。×

②午前中に、客が来た。〇 【因為「来る」是瞬間動詞】（早上來了訪客。）

③午前中、勉強する。〇 【因為「勉強する」是繼續動詞】（早上唸書。）

④午前中に、勉強する。×

⑤昼休み中、一人の生徒がこっそりと学校を出た。×

⑥昼休み中に、一人の生徒がこっそりと学校を出た。〇

【因為「出る」是瞬間動詞】（午休時間，一位學生偷偷溜出了學校。）

3. 格助詞「に」的用法

「に」為格助詞，它在日文格助詞當中用法最多樣、最複雜，使用機率也最高。先認清格助詞「に」的用法，再應用於作文上，日文程度將於一夕之間倍增。格助詞「に」的常見用法，約略可以統整為下列十五種。

①表時間

例句

母は毎朝 6 時に起きる。（媽媽每天早上六點起床。）

②表時間的平均值

例句

週に一回実家へ帰る。（平均一週回老家一次。）

一時間にバスが一本出る。（巴士一小時開出一班。）

③表地點或存在點

例句

教室に誰もいない。（教室裡一個人也沒有。）

④表靜態動詞動作發生的地點

例句

都会に住むのは好きですか。（喜歡住在都會區嗎？）

沢山の別荘が山の天辺に建っている。（很多的別墅都建在山頂處。）

兄は外資系商社に勤めている。（哥哥在外商公司上班。）

⑤表歸著、到達點

例句

神社の木に結んだお御籤が沢山ある。

（有許多抽的籤詩，綁在神社的樹木上。）

子供時代の楽しい思い出を頭に描いて下さい。

（請將快樂的童年回憶描繪在腦海裡。）

飛行機は夜東京に到着する予定である。（飛機預定晚上到達東京。）

⑥表對象

例句

先生に対して、失礼なことを言ってはいけない。

（不可以對老師說出沒禮貌的話。）

⑦表結果

例句

今年から、大学生になる。（今年成為大學生。）

⑧表目的

例句

今晩、恋人と一緒に映画を見に行く。（今晚與情人一起去看電影。）

友達が会いに来た。（朋友來看我了。）

⑨表比較的基準

例句

食べ物の好き嫌いは、人によって違う。（食物的喜惡因人而異。）

⑩表狀態

夕日に染まった海が非常に綺麗である。

（被夕陽餘暉染成一片的海景，非常漂亮。）

⑪表原因、理由

例句

母親は、子供の非行に困っている。（母親為小孩的偏差行為傷腦筋。）

⑫表方法、手段

例句

教室から窓越しに見た風景は格別である。

（從教室透過窗戶看外面的風景，別有風味。）

眼鏡越<ruby>めがねご<rt></rt></ruby>しに見<ruby>み<rt></rt></ruby>る黒板<ruby>こくばん<rt></rt></ruby>の字<ruby>じ<rt></rt></ruby>がはっきり見<ruby>み<rt></rt></ruby>える。

（透過眼鏡看黑板的字，特別清楚。）

⑬表副詞

例句

三角<ruby>さんかく<rt></rt></ruby>に切<ruby>き<rt></rt></ruby>ったサンドイッチは、食<ruby>た<rt></rt></ruby>べやすい。

（切成三角形的三明治，容易入口。）

一段<ruby>いちだん<rt></rt></ruby>と綺麗<ruby>きれい<rt></rt></ruby>になった娘<ruby>むすめ<rt></rt></ruby>を手離<ruby>てばな<rt></rt></ruby>したくない。

（我捨不得變得越加美麗的女兒離開。）

⑭表示強調（同一個動詞連用形＋に＋動詞）

例句

待<ruby>ま<rt></rt></ruby>ちに待<ruby>ま<rt></rt></ruby>ったお正月<ruby>しょうがつ<rt></rt></ruby>がやっとやって来<ruby>き<rt></rt></ruby>た。

（期待已久的新年，終於到來了。）

⑮敬語的主語（通常用於書信文）

例句

先生<ruby>せんせい<rt></rt></ruby>には、益々<ruby>ますます<rt></rt></ruby>ご活躍<ruby>かつやく<rt></rt></ruby>のこと、お喜<ruby>よろこ<rt></rt></ruby>びを申<ruby>もう<rt></rt></ruby>し上<ruby>あ<rt></rt></ruby>げます。

（欣聞老師越加活躍。）

先生<ruby>せんせい<rt></rt></ruby>におかれましては、益々<ruby>ますます<rt></rt></ruby>ご健勝<ruby>けんしょう<rt></rt></ruby>のこと、大慶<ruby>たいけい<rt></rt></ruby>に存<ruby>ぞん<rt></rt></ruby>じます。

（欣聞老師平安健康。）

六、深度解析作文範例

「台湾の歴史」（台灣的歷史）

第一段落

修飾語 補語 述語 修飾語 補語
台湾の歴史を知りたいと思って、台湾の観光協会のホームページを

述語 主語 述語
調べた。以下のように整理することが出来た。

因為想了解台灣的歷史，上了台灣觀光協會的網頁查詢。整理成了如下的資料。

第二段落

格助詞 主語 補語 述語
１６世紀の大航海時代には、ヨーロッパ人が世界各地を航海し、

補語 述語 修飾語
貿易活動や植民を行った。丁度東アジアの大陸と太平洋との交差点

主語 修飾語 述語
に位置する台湾は、東洋と西洋の勢力が競い合う地域として発展して

修飾語 主語
きた。その後、ポルトガル人が美しい台湾を見て、発した賛嘆の言葉

「フォルモサ」（麗しい島）は、台湾を指すことになった。そして、

17世紀前期には、オランダ人が安平（今の台南）に進出して拠点を作り、台湾で布教や貿易のほか、いろいろな生産活動を始めた。

中国大陸福建、広東沿海の漢民族を募ることにし、台湾の開拓に力を注いだ。

　　　十六世紀的大航海時代，歐洲人航行世界各地，展開貿易活動或是進行殖民。正處於東亞大陸與太平洋交界處的台灣，逐步發展成為東洋與西洋勢力的角力場。之後，葡萄牙人看到風光明媚的台灣，發出讚嘆聲說出的「福爾摩沙」（美麗寶島）一詞，成為台灣的另一稱呼。接著，十七世紀前葉，荷蘭人來到安平（現在的台南），將安平當作根據地，在台灣除了宣教、貿易之外，還開始各式各樣的活動。又決定從中國大陸福建省、廣東省沿岸地區招募漢人，挹注台灣開墾的人力。

修飾語
修飾語

それから、短い鄭芝龍、鄭成功親子の統治時期と清朝統治の200

修飾語　主語　述語　修飾語　補語　述語

年間、漢民族の台湾への移民が少しずつ増え、台湾の開拓を進めた。

接續詞　接續助詞　修飾語

しかし、１９世紀になると、帝国主義の拡張が進んでいる間に、

修飾語　主語　修飾語　補語

「アロー戦争」に敗北した清朝は、１８６０年に台湾の淡水と台南

述語　修飾語　主語　修飾語

を開港した。それ以来、多くのヨーロッパ人が台湾で貿易や特産物の

補語　述語　修飾語　主語　述語

開発を始めるようになり、台湾の近代化が始まった。さらに、

修飾語　主語　補語　述語

１８９５年に「日清戦争」に負けた清朝は、台湾を日本に割譲し

主語　述語　修飾語

た。こうして台湾は、５０年間にわたり、日本の植民地統治を受ける

述語　修飾語　修飾語　修飾語

ことになった。鉄道の敷設、移民の政策、日本語教育の普及などによ

主語　修飾語　述語

り、台湾は、伝統社会から近代社会へと転換した。

之後，歷經短暫的鄭芝龍、鄭成功父子，以及清朝兩百年間的統治，漢人來台的移民一點一點地增加，加速了台灣的開墾。然而到了十九世紀，帝國主義蓬勃發展之際，「英法聯軍之役」敗北的清朝，在一八六〇年同意台灣淡水以及台南的開港。自此，許多歐洲人開始在台灣從事貿易活動或開發台灣特產，揭開了台灣的近代化。而一八九五年在「甲午戰爭」戰敗的清朝，將台灣割讓給日本。就這樣，台灣歷經日本殖民統治時期五十年。其間因為鐵路的鋪設、日本移民來台政策的實施、日語教育的普及等，台灣從傳統的社會，進化到近代化的社會。

第四段落

　　　　　　　　　　　　　　　　　　　述語　主語
１９４5年の第二次世界大戦終戦に伴って、台湾は日本の植民地

主語　述語　　　　　　　述語　　　　　　　修飾語
統治が終わり、中華民国に返還された。しかし、１９４７年に、

中国大陸から接収にやって来た国民党軍が台湾人に対して起こした

主語　　　　　修飾語　　　　　　　　修飾語　　述語
「228事件」が、戦後の台湾社会に長い間深い傷跡を残してきた。

　　隨著一九四五年第二次世界大戰結束，台灣脫離了日本的殖民統治，歸還給中華民國政府。但是，因為一九四七年從中國大陸來台接收的國民黨軍隊和台灣人發生爭執而引發「228事件」，給戰後的台灣社會留下長久難以磨滅的傷痛。

接續詞　　　　　修飾語　　　　　　　　　　　　　　　　　　　　　　　補語

それにしても、奇跡的な経済発展と戒厳令解除による目覚ましい民主

　　　述語　　　主語　　修飾語　　　　　　　　述語　　　修飾語

化を成し遂げ、台湾は世界から注目されるようになった。いつも外来

　　　　　　　　　　　　　　　　　　　　　　　　　　　主語

政権に統治され続けながら、独自の社会と文化を発展させてきた台湾

　修飾語　　　　　　　　修飾語　　　　　　　　修飾語

は、近代化の発展から見ても、世界史の観点から見ても、非常に特別な

述語　　　　　　　　修飾語　　　　　　補語　　　　述語

ケースであり、今、世界各地の歴史研究者の関心を大いに集めている。

　　　即使如此，因為奇蹟式的經濟發展與解除戒嚴令之後令人刮目相看的

民主進步，台灣受到全世界的矚目。長期持續受到外來政權的統治之下而

發展出獨自的社會、文化的台灣，就近代化的發展、世界史的觀點來看，

都是個特例，現在全世界各地的歷史學家都抱以濃厚的興趣。

練習題（一）

練習作文「私のプロフィール」（我的經歷）

練習題（二）

下面的單字請標示唸音：

① 様子　様々　貴様　何名様　お客様

② 命　本命　命名　たけるの命　命じる　存命中

③ 学ぶ　学力　学科　学科長

④ お国　愛国者　国家安全　国境　中国

⑤ 机の中　中間　一日中　在学中　日中会談

⑥ 増加　増兵　増える　増やす　増す　日増しに

⑦ 読む　読み方　読書　読解　読売新聞

⑧ 触れる　触る　前触れ　感触　接触

⑨ 血筋　血塗れ　血行　吐血　血液型　輸血

⑩ 接続　接続詞　接触　接待　接客　接骨院

⑪ 目　目線　目薬　目前　目下

⑫ 所　台所　出所　食事所　所属　所存　派出所　研究所

⑬ 食べる　食べ物　食事所　食当たり　食いしん坊　立ち食い

⑭ 飲む　飲み物　飲み水　飲酒運転　飲食店

⑮ 男の人　男尊女卑　男女関係　男色　老若男女

第6課

ＡＴＭ（現金自動預け払い機）でお金を下ろす

一、學習重點

1. 陳述原因之相關表現

A（の）ために、B

Bは、Aしたためである

Aのおかげで、B

Bは、Aしたおかげである

Aのせいで、B

Bは、Aしたせいである

2. 動作順序之相關表現

Aして、Bする。

Aしてから、Bする。

Aする。その後_{あと}で、Bする。

まず、Aする。次_{つぎ}に、Bする。そして、Cする。それから、Dする。
その後_{あと}、Eする。最後_{さいご}に、Fする。

3. 情況之相關表現

〜場合_{ばあい}、

〜時_{とき}（に）、

〜際_{さい}（に）、

二、作文範例 「ATM（現金自動預け払い機）でお金を下ろす」

今朝、お腹が空いて早く目が覚めた。朝御飯を買おうと思って、すぐ財布を持って出掛けた。まだ人が少ない朝御飯の店の前に行って、大きな声で欲しいものを注文した。しかし、支払いの時に、財布にお金が全然ないことに気づいた。いたずら好きな弟がやったのだろう。そのせいでひどい目に遭った。

幸い、そこは行きつけの店だったため、店員さんは困った私の顔を見てすぐ分かったようで、支払いは明日で構わないよ、と親切に言ってくれた。その時、丁度昨日宿題を手伝ってあげたクラスメートが通り掛かった。彼は慌てている私を見ると、早速助けの手を差し伸べてくれた。店の人とクラスメートのおかげで、日本の諺にある「旅は道連れ世は情け」の意味が分かったような気がする。

クラスメートに返そうと思って、すぐATM（現金自動預け払い機）でお金を下ろしに郵便局へ行った。ATMの使用については、次のように説明されている。

「まず、キャッシュカードを穴に差し込む。次に、誰にも見られないように、暗証番号を入力する。もし、途中で打ち間違えたら、訂正というボタンを押して、もう一度正しい番号を打ち込む。うまく行くと、ATMの画面に金額指定のボタンが出てくる。それから、必要な金額を選んでボタンを押す。もし適当な金額がなかったら、自分で入力する。その後、指定した金額が機械から出てくる。指定した金額が出て来ない場合、緊急電話の番号に連絡して事情を説明する。また30秒以内に下ろし

た紙幣を受け取らないと、そのまま回収されてしまうことがあるので、手早く紙幣を取り出すようにしたほうがよい。下ろした金額を確認してから、取り引き明細表が必要な場合、要るというボタンを押す。必要ではない場合、要らないというボタンを押す。最後に、ATMが一番最初の画面に戻るまで待つ。そうしないと、個人情報が次に機械を操作する人に見られることがあるから、注意した方がよい。」

こうした説明に従って、私はお金を下ろしてクラスメートに返した。

今回のことから、思いがけないことが起きた際に、いかに冷静に対応することが大事なのかがよく分かった。また、人のために何かをすることは、絶対に無駄ではないことも悟った。今日は本当に大事なことを学ぶことが出来た貴重な一日であった。

三、範例解析

（一）作文結構說明

第一段落　陳述事情的起源

第二段落　陳述事情圓滿落幕

第三段落　說明至提款機取款的原委

第四段落　簡述自動提款機的操作順序

第五段落　陳述依照說明，順利提款還錢

第六段落　敘述自己的感想

（二）單字、片語（子句）學習

ひどい目に遭う（遇到倒楣的事）	差し込む（插入）
通り掛かる（經過）	暗証番号（密碼）
助けの手を差し伸べる（伸出援手）	入力する／打ち込む（輸入）
旅は道連れ世は情け（人間到處有溫暖）	受け取る（領取）
ＡＴＭ（現金自動預け払い機） （ATM／自動提款機）	引き戻す（退還）
お金を下ろす／現金を引き出す（提款）	緊急電話番号（緊急連絡電話）
キャッシュカード（提款卡）	個人情報（個人資訊）
取り引き明細表（交易明細表）	思いがけないこと（出奇不意之事）

（三）文法說明

1. 同表「原因」之「ため（に）」、「おかげで」、「せいで」，三者間之差異

　　「ため（に）」、「おかげで」、「せいで」三者都是表示原因，翻譯成「因為」。而三者的差異，在於站在說話者的立場，對於發生的事情投以不同的眼光。三者間之差異，整理如下：

說法	例句	補充說明
おかげで	先生のおかげで、一人前の人間になった。 （拜老師之賜，我成為了堂堂正正的人。）	用於有良好的結果出現時。
ため（に）	猛暑のため（に）、クール・ビズが歡迎されている。 （因為酷熱的天氣，清涼商務大受歡迎。）	以中立的立場判斷，且不對結果加以評論。
せいで	不景気のせいで、社会全体が不安に包まれている。 （受到不景氣的波及，整個社會都瀰漫在不安當中。）	用於不好的結果出現時。

2. 同表「時間」之「場合」、「時」、「際」，三者間之差異

「場合」、「時」、「際」三者，都是表示時間，中文意思為「當～之時」。

而三者的差異，在於涵蓋範圍大小的不同。三者間之差異，整理如下：

說法	例句	補充說明
場合（ばあい）	送金（そうきん）が届（とど）かない場合（ばあい）、担当者（たんとうしゃ）までご連絡（れんらくくだ）下さい。 （如果是匯款還沒收到的情況，請與負責人連絡。）	處於某個情況，在三者間，屬於大範圍。
時（とき）	台湾（たいわん）に遊（あそ）びに来（き）た時（とき）、ぜひご連絡（れんらくくだ）下さい。 （來台灣旅遊時，請務必連絡。）	處於某個時刻，在三者間，屬於中範圍。
際（さい）	出国（しゅっこく）の際（さい）、見回（みまわ）り品（ひん）にご注意（ちゅういくだ）下さい。 （出國之際，請注意隨身物品。）	處於某個節骨眼，在三者間，屬於小範圍。

3. 同表「授受關係」之「あげる」、「くれる」、「もらう」，三者間之差異

人與人之間的物品授受時，日文常會使用「あげる」、「くれる」、「もらう」之類的授受動詞。由於說話者的人稱不同，以及面對的對象之位階高低不同，用法會出現多樣化。不用擔心，只要突破這個關卡，日文能力又會更上一層樓。三者間之差異，簡單整理如下：

說法	例句	補充說明
あげる／ 差し上げる ／やる	★使用於第一人稱的動作，強調「給予」。 ①「給予」的對象比自己位階高時 　学長に感謝状を差し上げる。 　（贈送給校長感謝函。） ②「給予」的對象是平輩或位階較低者時 　友達に手紙をあげる。（給朋友信。） ③「給予」的對象是動、植物時 　猫に餌をやる。（餵食貓咪。） 　花に水をやる。（澆花。） ★使用於第三人稱的「給予」的動作。 　政府は被災者に一時金をあげる。 　（政府發給受災戶慰問金。）	不用明示主語，也知道是「私」所做的動作，這是日文的一大特色。「やる」的說法有些粗暴，即使是「給予」動、植物，也不妨不要用「やる」，改用「あげる」。
もらう／ いただく	★使用於第一人稱的動作，強調「接受」。 ① 從比自己位階高的對象處「接受」時 　学長に（或から）感謝状をいただく。 　（獲校長頒贈感謝函。） ② 從平輩或位階較低的對象處「接受」時 　友達に（或から）手紙をもらう。 　（獲得朋友捎來信函。） ★使用於第三人稱的「接受」的動作。 　被災者は政府から一時金をもらう。 　（受災戶從政府那裡拿到慰問金。）	例句中的「に」與「から」可以互換。

說法	例句	補充說明
くれる／ くださる	★使用於第二人稱的動作，強調「給予」。 ①「給予」的第二人稱比自己位階高時 　学長が感謝状をくださる。 　（校長贈與我感謝函。） ②「給予」的第二人稱是平輩或位階較低者時 　友達が手紙をくれる。（朋友給我信。）	雖然省略了「私に」（私達に），但此句不加「私に」（私達に），也看得出接受者是誰。

而「てあげる」、「てくれる」、「てもらう」則是當作動詞「あげる」、「くれる」、「もらう」前面所接的動詞之補助動詞使用，用法大同小異。簡單整理如下：

說法	例句	補充說明
てあげる／ て差し上げる ／てやる	★使用於第一人稱所做的某個動作之後，當補助動詞使用，強調「給予」。 ①「給予」的對象比自己位階高時 　学長に感謝状を書いて差し上げる。 　（寫給校長感謝函。） ②「給予」的對象是平輩或位階較低者時 　友達に手紙を書いてあげる。 　（寫給朋友信。） ③「給予」的對象是動、植物時 　猫に御飯を作ってやる。 　（做飯給貓咪。） 　花に水を掛けてやる。（給花澆水。） ★使用於第三人稱的「給予」的動作。 　政府は被災者に仮設住宅を建ててあげる。（政府建造臨時組合屋給受災戶。）	對他人說自己幫長輩拿行李時，雖然也可以說「荷物を持って差し上げる」，但在當事人的面前這麼說，雖然文法上沒有錯，可是好像要當事人領恩似的，所以並不恰當。此時要說「お荷物をお持ちしましょう」，比較合乎禮儀。

131

說法	例句	補充說明
てもらう／ていただく	★使用於第一人稱的動作，強調「接受」。 ① 從比自己位階高的對象處「接受」時 学長に（或から）推薦状を書いて<u>いただく</u>。 （承蒙校長幫忙撰寫推薦函。） ② 從平輩或位階較低的對象處「接受」時 友達に（或から）手紙を書いて<u>もらう</u>。（透過朋友幫忙寫信。） ★使用於第三人稱的「接受」的動作。 被災者は政府から仮設住宅を建てて<u>もらう</u>。 （受災戶有賴政府建造臨時組合屋。）	例句中的「に」與「から」一樣可以互換。請注意「書いていただく」（對方幫忙寫）與使役形「書かせていただく」（讓我來寫）常常會錯用，前者寫的人是對方，後者寫的人是自己本身，意思相差甚遠，切記不要混淆。
てくれる／てくださる	★使用於第二人稱的動作，強調「給予」。 ①「給予」的第二人稱比自己位階高時 学長が推薦状を書いて<u>くださる</u>。 （校長幫忙我撰寫推薦函。） ②「給予」的第二人稱是平輩或位階較低者時 友達が手紙を書いて<u>くれる</u>。 （朋友幫忙我寫信。）	雖然省略了「私に」（私達に），但此句不加「私に」（私達に）也看得出接受者是誰。

4. 動詞連體形（簡稱第四變化）接「**ことがある**」，表示有某種可能性

例句

①日系企業に就職したら、日本へ出張に行く<u>ことがある</u>。

（進了日商公司，就有機會到日本出差。）

②インターネットで取り引きすると、個人情報が盗まれる<u>ことがある</u>。

（一旦用網路交易，就有可能被盜取個人資訊。）

5. 動詞連用形（簡稱第二變化）＋「**た**」（過去式）再接「**方がいい**」，表示勸誘、推薦

例句

①コレステロールを下げるためには、ウーロン茶よりも普洱茶を飲んだ<u>方がいい</u>。

（要降低膽固醇，與其喝烏龍茶，建議喝普洱茶。）

②ダイエットしたかったら、食事の量を減らすよりも、よく運動した<u>方がいい</u>。

（如果想減肥，與其減少食量，倒不如多運動才好。）

四、觸類旁通

（一）加強文法概念

1.「動詞連體形＋ことがある」與「動詞連用形＋たことがある」之差異

「動詞連體形（簡稱第四變化）＋ことがある」與「動詞連用形（簡稱第二變化）＋たことがある」，意思截然不同。「動詞連體形＋ことがある」表示有此可能性，可翻譯成「有可能～」；而「動詞連用形＋たことがある」則是表示曾經的體驗，可翻譯成「曾經～」。

例句

①真面目に勉強しなかったら、単位を落とされることがある。

（如果不認真唸書，學分有可能被當。）

②真面目に勉強しなかったから、単位を落とされたことがある。

（因為沒認真唸書，學分曾經被當。）

2. 同表「想」之「～たい」、「～ほしい」，兩者間之差異

中文都翻譯成「想」的「～たい」、「～ほしい」兩個語彙，其實用法大不相同。動詞連用形（簡稱第二變化）加助動詞「たい」，為該動詞的希望形。而形容詞的「ほしい」，習慣用「～がほしい」。

例句

①一日も早く日本へ行きたい。（想早一天去日本。）【想做某個動作。】

②日本の商品がほしい。（想要日本商品。）【想要某個東西。】

3. 同表「想」之「～たい」與「～てほしい」，兩者間之差異

　　請注意「～たい」與「～てほしい」的意思相差甚遠。「～たい」是說話者想要，而「～てほしい」是說話者希望對方完成某個動作。切記，此時做動作的人是對方而非說話者。

例句

①本場の日本料理が食べたい。（想吃真正的日本料理。）

【吃的人是說話者。】

②父に本場の日本料理を食べてほしい。（希望父親嚐嚐真正的日本料理。）

【吃的人是父親。是說話者的願望表達。】

（二）相關單字學習

振り込む（匯款）	整理券（號碼牌）
振り替える（轉帳）	窓口（窗口人員）
口座（帳戶）	印鑑（印章）
新規口座（新開戶）	朱肉（印泥）
振り替え口座（匯款帳戶）	サイン（簽名）
小切手（支票）	書留（掛號）
外貨取り引き（外匯交易）	速達（快遞）
レート（匯率）	配達（寄送）
両替（兌換）	小包み（包裹）
為替（匯票）	航空便（航空郵件）
残高（存款餘額）	船便（海運郵件）
定期貯金（定期存款）	領収書（收據）

五、深度日文文法學習

1.「～た方がいい」、「～なければならない」、「～すべき」，三者間之差異

　　當說話者使用「～た方がいい」、「～なければならない」、「～すべき」在談某一件事情時，心情是不一樣的。動詞連用形（簡稱第二變化）加「～た方がよい」表示勸誘、婉轉提出建議的意見，中文意思為「～比較恰當」。而動詞未然形（簡稱第一變化）加「～なければならない」表示法律或規則上的義務規定，中文意思為「應該～」。最後，動詞終止形（簡稱第三變化）加「～べき」表示強烈主張，中文意思為「理當～」。

例句

①こんな事になった以上、被害者に弁償した方がいい。

（既然發生了這樣的事情，應該賠償受害一方較為妥當。）

②こんな事になった以上、被害者に弁償しなければならない。

（既然發生了這樣的事情，一定要賠償受害一方。）

③こんな事になった以上、被害者に弁償すべきである。

（既然發生了這樣的事情，理當賠償受害一方。）

2. 格助詞「で」的用法

　　格助詞「で」的用法也不少，簡單整理成下面九種基本用法。

①表動態動詞動作進行的地點

例句

ここでしばらく待っていて下さい。（請在此稍候。）

②表材料、工具、方法、手段

例句

パンは小麦粉で作ったものである。（麵包是用麵粉做成的東西。）

インターネットで資料を調べた方が早い。（用網路查詢資料比較快速。）

③表時間、數量的範圍

例句

参加の申し込みは明日で締め切る。（明天截止報名參加。）

家族の中で、末っ子の娘が母と一番気が合う。

（家族當中，么女和母親最合得來。）

④表限度

例句

あと一ヶ月で楽しいお正月になる。（再過一個月就是快樂的新年了。）

今日の会議は5時で終えることにする。（今天會議訂於五點結束。）

⑤表中止形

例句

彼は国会議員の初当選で、沢山の票を獲得した。

（他是第一次當選國會議員，獲得了很多的選票。）

⑥表原因

例句

熱で学校を休んだ。（因為發燒而請假。）

⑦表動作進行的狀態或方式

例句

一人で簡単に出来る料理はあるか。（有一個人可以輕鬆完成的菜嗎？）

今年の夏、親子三人でカナダへ旅行に行く。

（今年夏天，親子三人一同前往加拿大旅遊。）

⑧表法源依據或資料來源

例句

飲酒運転は法律で禁止されている。（法律明文禁止酒後駕駛。）

後ろの座席に座った乗客のシートベルト着用は、法律で定められている。

（法律規定坐後座的乘客，須繫安全帶。）

⑨表動作的主體

例句

事件の解明は教員一同で調べている。

（事故的釐清，由全體教師一起著手調查中。）

家の後始末は家族全員で結論を出す。（處置家產，由全家族共同決定。）

六、深度解析作文範例

「ＡＴＭでお金を下ろす」（用ATM提款）

第一段落

今朝、お腹【主語】が空いて【述語】早く目【主語】が覚めた【述語】。朝御飯を買おうと思って【述語】、

すぐ財布【補語】を持って【述語】出掛けた【述語】。まだ人が少ない【修飾語】朝御飯の店の前に行って【述語】、

大きな声で【修飾語】欲しいもの【修飾語】を【補語】注文した【述語】。しかし、支払いの時に【修飾語】、財布にお【修飾語】

金が全然ないことに気づいた【述語】。いたずら好きな【修飾語】弟【主語】がやったのだろう【述語】。

そのせいで、ひどい目に【修飾語】遭った【述語】。

今早因肚子餓，很早就醒來了。想買早餐，就立刻拿錢包出門了。到了客人還稀稀疏疏的早餐店門前，大聲叫了想吃的餐點。但是，要付錢時，卻發現錢包裡一毛錢也沒有。這又是頑皮弟弟搞的鬼吧。都是因為他，害我遇到這種糗事。

修飾語 主語 修飾語 述語 主語 修飾語 補語

幸い、そこは行きつけの店だったため、店員さんは困った私の顔を

述語 修飾語 主語 述語 述語

見てすぐ分かったようで、支払いは明日で構わないよ、と親切に言っ

修飾語 主語

てくれた。その時、丁度昨日宿題を手伝ってあげたクラスメートが

述語 主語 修飾語 補語 述語 修飾語 補語 述語

通り掛かった。彼は、慌てている私を見ると、早速助けの手を差し

修飾語 修飾語

伸べてくれた。店の人とクラスメートのおかげで、日本の諺にある

主語 述語

「旅は道連れ世は情け」の意味が分かったような気がする。

　　　所幸那家店是我常光顧的店家，所以店員看到我不知所措的表情，便

立即明白似地，和善地告訴我：「錢明天再付也沒關係喔！」此時，碰巧

昨天幫他寫作業的同學路過。他一看到慌張的我，就連忙伸出援手幫我付

錢。託店員、同學之福，我好像終於懂得日本諺語「人間處處有溫情」的

意思了。

140

第三段落

　　　　　　　　　　　　述語
クラスメートに返そうと思って、すぐＡＴＭ（現金自動預け払い機）
　　　　　　　　　　　　述語
でお金[を]下ろしに郵便局へ行った。ＡＴＭの使用については、次のよ
　　述語
うに説明されている。

　　　為了想還同學的錢，我馬上到郵局的ATM（自動提款機）領錢。關於
ATM的操作，有如下的說明。

第四段落

　　　　　補語　　　　　　　　　　　述語　　　　　　修飾語
「まず、キャッシュカード[を]穴に差し込む。次に、誰にも見られな
　　　　　補語　　　　　述語　　　　　　　　　　　　修飾語
いように、暗証番号[を]入力する。もし、途中で打ち間違えたら、訂正
　　補語　　　　述語　　　　　修飾語　補語　　述語
というボタン[を]押して、もう一度正しい番号[を]打ち込む。うまく行く
接續助詞　　　修飾語　　　主語　　　　述語　　　　　　　修飾語
[と]、ＡＴＭの画面に金額指定のボタン[が]出てくる。それから、必要な
補語　　述語　　補語　　　述語　　　　修飾語　主語　　述語
金額[を]選んでボタン[を]押す。もし適当な金額[が]なかったら、自分で
述語　　　　　　　修飾語　　主語　　　　　　述語　　　　修飾語
入力する。その後、指定した金額[が]機械から出てくる。指定した金額

修飾語　　　　　　　　　述語　　　補語　　述語
が 出て来ない 場合、緊急電話の番号に連絡して事情 を 説明する。

　　　　　　　　修飾語　　補語　　述語　　　　　　　修飾語
また、３０秒以内に下ろした紙幣 を 受け取らない と 、そのまま回収さ

　　　　　主語　　述語　　　修飾語　　　　　　　　　　主語
れてしまうこと が あるので、手早く紙幣を取り出すようにしたほう が

述語　修飾語
よい。下ろした金額 を 確認してから、取り引き明細表が必要な場合、

修飾語　　　　補語　　述語　修飾語　　　　　　修飾語
要るというボタン を 押す。必要ではない場合、要らないというボタン

　　述語　　　　　　修飾語　　　　　　　　　　　　述語
を 押す。最後に、ＡＴＭが一番最初の画面に戻るまで待つ。そうしな

　　　修飾語　　　　　　　　　　　　　　　主語　　述語
い と 、個人情報が次に機械を操作する人に見られること が あるから、

修飾語　主語　　述語
注意した方 が よい。」

「首先將提款卡插入。接著，在不被他人窺得的情況下輸入密碼。如果中途輸入錯誤，可以按訂正鍵再一次輸入正確的號碼。順利的話，ATM的畫面會出現取款指定金額的按鍵。之後，按下選擇所需金額的按鍵。如果沒有適當的取款金額，就自行輸入。之後，機器會自動吐出指定金額。如果機器沒有吐出指定金額，撥緊急電話的號碼聯絡，並說明狀況。還有，一旦在三十秒以內沒有取走紙鈔的話，機器會直接回收，所以盡速拿取紙鈔較為妥當。確認提款金額後，需要交易明細表時則按需要鍵，不需

要時則按不需要鍵。最後，一定要等ATM的畫面回到首頁。不這樣做的話，下一位使用機器的人將有可能看到你的個人資料，所以還是小心為要。」

第五段落

　　　　　　　　　　[述語]　[主語]　[補語]　[述語]　　　　　　　　　　　[述語]
こうした説明に従って、私は お金を 下ろしてクラスメートに返した。

按照指示，我提錢還給了同學。

第六段落

　　　　　　　　　　[修飾語]　　　　　　　　　　　　　　　　[修飾語]
今回のことから、思いがけないことが起きた際に、いかに冷静に対応

[主語]　　　　　　[主語]　　　　[述語]　　　　[修飾語]
することが 大事なのか が よく分かった。また、人のために何かをする

[主語]　[修飾語]　　　　　　　　[主語]　[述語]　[主語]　[修飾語]
ことは 絶対に無駄ではないことも 悟った。今日は 本当に大事なこと

　　　　　　　　　　　　[述語]
を学ぶことが出来た貴重な一日であった。

　　透過這次的事情，我知道了該如何冷靜地處理出奇不意的事情才是重要的。同時，也領悟了幫別人的忙，絕非多餘之事。今天真是學習到寶貴經驗的重要一天呀！

練習作文「海外にいる友達に誕生日プレゼントを郵送する」（郵寄生日禮物給在海外的朋友）

下面的單字請標示唸音：

①白い　白　白雪姫　真っ白　白血病　白状　白内障

②人数　中国人　人間　人工衛星　人口

③空　青空　空気　空地　空き部屋　空く　空ける　空っぽ

④立つ　立地　立派　役に立つ　役立つ　立脚点

⑤先生　先方　連絡先　得意先　勤務先　旅行先　出張先　先に失礼する

⑥済む　救済　返済　支払い済み　決算済み　返信済み

⑦迎える　送迎バス　歓迎　迎合

⑧最後　最高　最も　最寄り

⑨御中　御幸　御返事　御案内　制御

⑩青　青二才　青天白日　真っ青　青葉

⑪添う　付き添い　添付　添加物

⑫試す　肝試し　試験　試みる　追試験

⑬欠乏　欠席　欠かす　欠ける　欠陥　欠陥品

⑭生ビール　生き方　生け花　生気　生産　殺生

⑮天地　地球　生地　心地よい

第7課

家族が一人増えた

（かぞく）（ひとり）（ふ）

學習重點說明：

◆ 學習重點：1.「目的」的高階表達方式
　　　　　　2.「原因」的高階表達方式

◆ 作文範例：「家族が一人増えた」（多了一位家人）
　　　　　　（かぞく）（ひとり）（ふ）

◆ 範例解析：1. 作文結構說明
　　　　　　2. 單字、片語（子句）學習
　　　　　　3. 文法說明

◆ 觸類旁通：1. 加強文法概念
　　　　　　2. 相關單字學習

◆ 深度日文文法學習

◆ 深度解析作文範例

一、學習重點

1.「目的」的高階表達方式

用法種類	例句	補充說明
ために	日本統治時代の資料を調べるために、台湾に来る。 （為了要調查日據時代的資料，來到台灣。）	動詞連體形（簡稱第四變化）接續「ために」。
～に	日本統治時代の資料を調べに、台湾に来る。 （為了要調查日據時代的資料，來到台灣。）	動詞連用形（簡稱第二變化）接續「に」。
のに	日本統治時代の資料を調べるのに、台湾各地を歩き回る。 （為了要調查日據時代的資料，走遍台灣各地。）	動詞連體形（簡稱第四變化）接續「のに」。此處的「のに」不是表逆接的「のに」，而是要拆開來解釋，「の」是形式名詞，「に」表目的。

2.「原因」的高階表達方式

用法種類	排列接續方式	補充說明
原因 （在前） ＋結果 （在後）	①A（だ）から、B。 例句 インフルエンザが流行っているから、ひどい熱が出た。 （因為流感正流行，所以發高燒。） ②A（な）ので、B。 例句 インフルエンザが流行っているので、ひどい熱が出た。 （因為流感正流行，所以發高燒。）	A句與B句之間用「から」、「ので」來接續的一個句子，為「原因」的基礎表達方式。A句為原因，B句為結果。「から」的接續，偏向強調原因的主觀性。而「ので」的接續，偏向強調原因的客觀性。
結果 （在前） ＋原因 （在後）	①B。なぜなら、A（だ）からである。 例句 ひどい熱が出た。なぜなら、インフルエンザが流行っているからである。 （發高燒。是因為流感正流行著。） ②B。なぜならば、A（だ）からである。 例句 ひどい熱が出た。なぜならば、インフルエンザが流行っているからである。 （發高燒。是因為流感正流行著。） ③B。なぜかというと、A（だ）からである。 例句 ひどい熱が出た。なぜかというと、インフルエンザが流行っているからである。 （發高燒。是因為流感正流行著。）	此句為「原因」的高階表達方式，和前述基礎表達方式不同，已經組合成兩個句子。是將A句與B句的順序對調，先丟出結果的B句，再提到原因的A句。此時B句與A句之間，要用「なぜなら」或「なぜならば」或「なぜかというと」三種中擇一接續。切記A句結束之前，要還回「から」，句子才算完整。

二、作文範例　「家族が一人増えた」

　「子猫を拾ったんだけど、いらない」と言われ、「ええ、貰うわ」と、その場で軽い気持ちで答えた。なぜなら、その子猫が大変可愛いかったからである。このようにして、子猫を貰うことになった。

　緊張しながら、鳴いている子猫を車で連れて帰った。子供達と主人は、その子猫を見ると大喜びした。名前を何にしようかと、皆でわいわい話し合った。いろいろと討論した末、夏目漱石の名著『吾輩は猫である』に出てくる「三毛」から名をもらい、「三毛」と名づけた。その日から子猫は三毛の名前で、落合家と一緒に暮らすようになった。

　しかし、いたずら好きな子猫のせいで、一家は大騒ぎになってしまった。まず、朝明くなると、三毛は必ずミャーミャーと鳴きながら、眠っている家族を起こしにくる。その結果、家族全員が寝不足になってしまった。また、立ってテレビを見ている長男の背中に飛びついて、怪我をさせることもたびたびあった。また、ソファーに座って本を読んでいた主人などは、鋭い歯で囓られて血が出たこともある。それから、三毛から落ちる毛のせいで、アレルギー体質の次男はくしゃみが止まらなくなってしまったりもした。また、母の足も三毛の体についたダニに刺されて真っ赤になったこともある。このように、三毛が我が家のペットになってから、平穏だった落合家は、毎日戦争のようになってしまった。大変なことになってしまったなあと、母は何度も後悔していたそうである。

　ある日、宅配便が来てドアを開けると、三毛がいきなり外へ飛び出し、そのまま行方が分からなくなってしまったことがある。三毛を捜すのに、皆でいろいろ工夫をした。三毛がいなくなったこの一時間、皆心配でいても立ってもいられなかった。そのうち、次男が泣き出した。長男も主人も暗い顔をして、また三毛を捜しに出掛けた。今度こそ捜し出そうと思い、階段を上がった母は、暗闇の中で震えながら待っている三毛を見つけた。母がすぐ三毛を抱き上げて、嬉しく家へ帰った。

　それ以来、皆家へ入るとすぐに、「三毛」と呼んで、いるかどうかを確かめる。なぜなら、一度失ってみて、三毛の大切さが分かったからである。三毛も落合家の生活に慣れて、お腹を出してのんびりと昼寝をしたりするようになった。三毛に噛まれて上げる悲鳴は、今も相変らず聞こえてはくるが、三毛はもうペットではなく、家族の一員なのである。

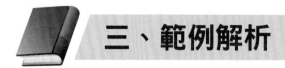

三、範例解析

（一）作文結構說明

第一段落　提到領養小貓咪的開端

第二段落　說到帶小貓咪回家後，幫小貓咪取名字的經過

第三段落　描寫小貓咪闖禍造成家中的不安寧

第四段落　敘述小貓咪走失後，家人對小貓咪萬般的不捨

第五段落　總結找回小貓咪之後，小貓咪已經不再是寵物而是家中重要成員

（二）單字、片語（子句）學習

<ruby>大<rt>おお</rt></ruby><ruby>喜<rt>よろこ</rt></ruby>びする（歡欣鼓舞）	<ruby>猫<rt>ねこ</rt></ruby>に<ruby>噛<rt>か</rt></ruby>まれる（被貓咬）
<ruby>夏目漱石<rt>なつめそうせき</rt></ruby>（夏目漱石）	ダニに<ruby>刺<rt>さ</rt></ruby>される（被跳蚤咬）
『<ruby>吾輩<rt>わがはい</rt></ruby>は<ruby>猫<rt>ねこ</rt></ruby>である』（《我是貓》）	アレルギー<ruby>体質<rt>たいしつ</rt></ruby>（過敏體質）
いたずら<ruby>好<rt>ず</rt></ruby>きな<ruby>子猫<rt>こねこ</rt></ruby> （喜歡調皮搗蛋的小貓咪）	<ruby>宅配便<rt>たくはいびん</rt></ruby>（送貨到家）
<ruby>大騒<rt>おおさわ</rt></ruby>ぎ（起大風波）	<ruby>心配<rt>しんぱい</rt></ruby>でいても<ruby>立<rt>た</rt></ruby>ってもいられない （因擔心而坐立難安）
<ruby>寝不足<rt>ねぶそく</rt></ruby>（睡不飽）	<ruby>昼寝<rt>ひるね</rt></ruby>（午睡）
<ruby>飛<rt>と</rt></ruby>びつく（撲上）	<ruby>悲鳴<rt>ひめい</rt></ruby>を<ruby>上<rt>あ</rt></ruby>げる（發出慘叫聲）
<ruby>長男<rt>ちょうなん</rt></ruby>（長子）	<ruby>次男<rt>じなん</rt></ruby>（次子）

（三）文法說明

1. 同表「目的」的「ために」、「のに」、「に」三種用法的差異性

表「目的」的「ために」、「のに」、「に」三種用法，除了接續上有所不同之外，三者之間還有些微的差異性。請看下面例子的比較：

用法	A（目的） + B（動作）	
①後接同為移動動詞的一般動詞	卒業論文に使う資料を調べるために、図書館へ行く。	○
	を調べに、	○
	を調べるのに、	○
	（到圖書館查畢業論文要用的資料。）	
②後接一般動詞	卒業論文に使う資料を調べるために、この本を買った。	○
	を調べに、	×
	を調べるのに、	○
	（為了查畢業論文要用的資料，買了這本書。）	
③後接狀態敘述	卒業論文に使う資料を調べるために、この本が便利である。	×
	を調べるためには、	○
	を調べに、	×
	を調べるのに、	○
	（為了查畢業論文要用的資料，這本書很好用。）	
④後接移動動詞	卒業論文に使う資料を調べるために、日本各地を歩き回る。	○
	を調べに、	○
	を調べるのに、	×
	（為了查畢業論文要用的資料，走遍日本各地。）	

動詞連體形（簡稱第四變化）加「ために」表目的，其後須接續動詞，但是像後面接續表狀態敘述的第三種情形「この本が便利である」時，就不能使用。不過，此時將「ために」後面加「は」成為「ためには」的話，就順理成章可以接續表狀態的敘述了。

動詞連用形（簡稱第二變化）加「に」表目的，其後須接續移動動詞，但是像後面接續一般動詞的第二種情形「この本を買った」、表狀態敘述的第三種情形「この本が便利である」時，就不能使用。

　　動詞連體形（簡稱第四變化）加「のに」表目的，其後須接續狀態敘述或一般動詞。但是像後面接續移動動詞的第四種情形「日本各地を歩き回る」時，就不能使用。仔細思考一番，就能透徹理解之間的差異性了。

2. 形容詞的語尾「い」去掉，加「そうだ」表樣態，中文意思為「好像～」

　　例如：「嬉しそうだ」（好像很開心）、「楽しそうだ」（好像很高興）、「高そうだ」（好像很貴）、「美味しそうだ」（好像很好吃）、「不味そうだ」（好像很難吃）等。但是記得「いい」這個字的情況特殊。「いい」在表樣態時，要將語尾「い」去掉，多加個「さ」，才能接續「そうだ」，且「いい」不可直接變化，須拿相當的語彙「よい」來變化，所以是「よさそうだ」。

四、觸類旁通

（一）加強文法概念

1.「嬉しそうだ」（表樣態）與「嬉しいそうだ」（表傳聞）之差異

　　「嬉しそうだ」是將形容詞「嬉しい」的語尾「い」去掉，再加「そうだ」的樣態表現。而「嬉しいそうだ」則為形容詞「嬉しい」終止形（簡稱第三變化）加上「そうだ」的傳聞表現。樣態表現，中文意思為「看似～的樣子」。而傳聞表現，中文意思為「聽說～」。簡單判別兩者之差別，可以把樣態表現記成是「用眼睛看的」，而把傳聞表現記成是「用耳朵聽的」。

2. 同表「高興」的「嬉しい」與「楽しい」之差異

　　同為形容詞的「嬉しい」與「楽しい」的中文意思，因為相近而容易混淆。要表達例如收到禮物時瞬間的高興心情時，要用「嬉しい」。要表達不是瞬間的高興心情，而是沉澱之後的高興心情時，要用「楽しい」。

例句

①お目に掛かれて、嬉しいです。（能夠與您會面，很高興。）

②楽しい一時を過ごさせていただき、どうもありがとうございます。

（謝謝您讓我渡過短暫的愉快時光。）

3.「のに」的意義與用法

　　「のに」為逆接的接續助詞，接在連體形（簡稱第四變化）之後，中文意思為「卻（然而）」。而「～のに対して」或「～のに気づいた」中的「の

に」，雖然外形一樣，但意義不同。此處的「のに」要拆開來解釋，「の」是形式名詞，「に」表對象。參考以下例句，就可以看出之間的差異。

例句

①一生懸命に手作り料理を作ったのに、少しも食べてくれない。

（拚命親手做了料理，卻一點都不捧場。）

②日本は物価が高いのに対して、台湾は物価が安い。

（相較於日本的高物價，台灣物價便宜。）

③ドアを開けた瞬間、泥棒に入られたのに気づいた。

（打開家門的瞬間，才發現被小偷闖空門。）

4. 將各種詞性改成名詞的方法

日文常見的基本詞性有名詞、形容動詞、形容詞、動詞。但是你知道嗎，只要形容動詞、形容詞、動詞稍做修改，也都可以變成名詞來使用。

①形容詞有三種改法。一是將形容詞的語尾「い」去掉，改成「く」。例如：「近くの店」（附近的店家）、「多くの人」（多數的人）、「数多くの品物」（數量多的物品）、「遠くの国」（遙遠的國家）、「詳しくは」（詳情是～）、「正しくは」（正確是～）、「大きくは」（大略是～）等。二是將形容詞的語尾「い」去掉，改成「さ」。例如「重さ」（重量）、「美しさ」（美麗）、「若さ」（年輕）、「速さ」（速度）、「濃さ」（濃度）等。三是將形容詞的語尾「い」去掉，改成「み」。例如「重み」（分量）、「深み」（深度）、「高み」（高度）。

②形容動詞只有一種改法，將形容動詞的語幹後面加「さ」。例如：「大切さ」（重要）、「綺麗さ」（漂亮）、「立派さ」（富麗堂皇）、「真面目さ」

（認真）、「清潔さ」（乾淨）、「潔癖さ」（潔癖）、「濃厚さ」（濃稠度）等。

③動詞只有一種改法，動詞的連用形（簡稱第二變化）即可當名詞使用。例如：「書き手」（書寫者）、「読み手」（閱讀者）、「読み方」（讀法）、「作り方」（作法）、「話し方」（說法）、「仕方」（方法）、「見方」（見解）等。

5.「重さ」與「重み」、「深さ」與「深み」、「高さ」與「高み」之間的差異

「重さ」與「重み」、「深さ」與「深み」、「高さ」與「高み」皆是由形容詞變化而來的名詞，但在意思上還是有微妙的不同。去掉形容詞的語尾改成的「重さ」，中文意思為「重量」，是由幾公斤的數字來呈現的具體意思；而去掉形容詞的語尾改成的「重み」，中文意思為「分量」，是從旁人評價的高低來呈現的抽象意思。此外，「深さ」與「深み」、「高さ」與「高み」也是同樣的道理。「深さ」為東西具體的「深度」，而「深み」則為抽象的「蘊含的深度」；「高さ」為東西具體的「高度」，而「高み」則為位居高位等的抽象的「高度」。請參考下面的例句。

例句

①飛行機に乗る際、手荷物の重さにご注意下さい。

（搭飛機時，請注意攜帶手提行李的重量。）

②彼は重みのある学者である。（他是位不容小覷的學者。）

③この川の深さは何メートルあるか。（這條河的深度有幾公尺呢？）

④この料理の味には深みがある。（這道菜的味道很有層次。）

155

⑤玉山の高さは何メートルあるか。（玉山的高度有幾公尺呢？）

⑥過去の自分を捨てて、一段と高みに上がった。

（洗心革面，讓自己再站上另一高峰。）

（二）相關單字學習

予防注射（打預防針）	飛び出す（衝出去）
餌（飼料）	飛びつく（撲上）
猫砂（貓砂）	飛び上がる（跳上）
ダニ対策（除跳蚤）	飛び降りる（跳下）
くしゃみをする（打噴嚏）	飛び降り自殺（跳樓自殺）
げっぷをする（打嗝）	不眠症（失眠症）
おならをする（放屁）	睡眠不足（睡眠不足）
あくびをする（打哈欠）	欲求不満（慾望不能滿足）

五、深度日文文法學習

1.「わざわざ」與「せっかく」與「わざと」的差異

中文翻譯雖然都翻譯成「特意」，其實「わざわざ」與「せっかく」的用法大不相同。而與「わざわざ」外形相似的「わざと」，意思又更不同。「わざわざ」後接的結果，與預期相同；而「せっかく」後接的結果，與預期不同；至於「わざと」則為「故意」。說明如下：

例句

①お忙しい中、わざわざお越しいただき、どうもありがとうございます。

（謝謝您，百忙之中撥冗參加。）

②せっかく来ていただきましたが、社長はあいにく会議中です。

（承蒙您特意移駕而來，社長不巧正在開會。）

第一句是對於對方的「わざわざ」（特意），心存感激。第二句是雖然感激對方的心意，但對方特意的行為，卻換來希望的落空。

另外，出門旅遊帶禮物回來送人，往往受中文的影響而在送禮時會說出：「わざわざ買ってきましたから、受け取って下さい。」（特意買來的東西，請收下。）這是不對的用法，因為自己說自己為別人買禮物的行為是「わざわざ」（特意），這是要人領情、受恩，很失禮。此時應該說「つまらないものですが……」（雖然是不成敬意的東西……。）謙虛一下，才符合日本的國情。

與「わざわざ」（特意）外形相似的「わざと」，中文意思為「故意」，兩者完全不相關。

例句

③挨拶をしたのに、わざと見ていない振りをしている奴は最低だ。

（打了招呼卻故意裝作沒看到的傢伙，真差勁。）

2.「二個助詞合在一起使用」時須注意的事項

日文的格助詞「を」、「と」、「へ」、「に」、「で」、「の」等都是單獨一個字使用，不過也有像「への」、「との」、「での」等兩個字合在一起使用的情況。但是日文中沒有「をの」、「にの」這種用法，而「へと」的用法倒是很常見。

例句

①父へのプレゼント（送給父親的禮物）

②政府への抗議文（遞交給政府的抗議文）

③会社への連絡（跟公司的聯絡）

④台湾と日本との友好関係（台灣與日本間的友好關係）

⑤ソニーとの取り引き協定（與新力公司間的交易協議）

⑥ロンドンでのオリンピック（在倫敦舉辦的奧運）

⑦高速道路での事故（在高速公路發生的車禍）

⑧左から右へと渡す（由左往右傳）

⑨先進国へと進歩した（進步成為先進國家）

3. 同時為格助詞、接續助詞的「と」，有下面四種基本的用法

①表並列（格助詞）

例句

家族は三人で、父と母と私である。（我家有三個人，父親、母親和我。）

②引用內容（格助詞）

先生の研究室を出る時には、「失礼しました」と言った方がよい。

（從教師研究室離開時，說聲「告辭了」會比較好。）

③假定條件（接續助詞）

例句

夏休みになると、飛行機のチケットは高くなる。

（一到暑假，機票就變貴。）

④副詞用法，增加臨場感的效果（格助詞）

例句

初めて会った時、彼女がにっこり笑った一瞬は、魅力的であった。

（初次見面時，她嫣然一笑的瞬間，很迷人。）

初めて会った時、彼女がにっこりと笑った一瞬は、魅力的であった。

（初次見面時，她嫣然一笑的瞬間，很迷人。）

【因為多加了「と」，更具臨場的效果。】

ゆっくり食べて下さい。（請慢慢吃。）

ゆっくりと食べて下さい。（請慢慢吃。）

【因為多加了「と」，更具臨場的效果。】

お金は左手から入って右手へと出て行き、少しも残らない。

（錢是左手進右手出，一點也沒剩。）

友達は左から右へと通り過ぎ、気づいたら独りぼっちだった。

（朋友來來去去，發現時，只剩孤單的一人。）

六、深度解析作文範例

「家族が一人増えた」（多了一位家人）

第一段落

　　　　 補語　　述語　　　　接續助詞　述語　　　　　　　　　　　　　　　　述語
「子猫を拾ったんだけど、いらない」と言われ、「ええ、貰うわ」

　　　　　　　　　　　　　　述語　　　　　　　　　　　主語
と、その場で軽い気持ちで答えた。なぜなら、その子猫が大変可愛

　述語 接續助詞　　　　　　　　　　　　　修飾語　　　　　述語
かったからである。このようにして、子猫を貰うことになった。

　　有人跟我說：「雖然撿到了一隻小貓咪，但我不要」，「好呀！那就
給我呀！」當場以輕鬆的心情就回答了。只因為小貓咪太可愛了。於是，
便領養了小貓咪。

第二段落

　述語　　　　　修飾語　　補語　　　　述語　述語　　主語　　　主語
緊張しながら、鳴いている子猫を車で連れて帰った。子供達と主人

　補語　　述語 接續詞 述語　補語　　　　　述語
はその子猫を見ると大喜びした。名前を何にしようかと、皆でわい

　述語　　　　修飾語　　　　　　　　修飾語
わい話し合った。いろいろと討論した末、夏目漱石の名著『吾輩は猫で

補語　述語　　　　　格助詞　述語

ある』に出てくる「三毛」から名を もらい、「三毛」と 名づけた。そ

　　　　　　　　　修飾語　　　　　　　　　　　　　　　　　述語

の日から子猫は 三毛の名前で、落合家と一緒に暮らすようになった。

　　　邊緊張邊開車把不斷發出叫聲的小貓咪載回家。小孩們和老公看到那
隻小貓咪，都非常開心。大家興沖沖地討論要取什麼名字。討論了許多
到最後，決定取自夏目漱石著名小說《我是貓》中出現的「三毛」，命名
為「三毛」。從那一天起，小貓咪就以「三毛」為名，與落合家族一起生
活。

第三段落

　　　　　　　修飾語　　　　　　　　　　　　　主語　　　　　述語

しかし、いたずら好きな子猫のせいで、一家は 大騒ぎになってしまっ

　　　述語　　　　接續詞　主語　　　　　　　　　　　　　　述語

た。まず、朝、明るくなると、三毛は 必ずミャーミャーと鳴きなが

　修飾語　　　補語　　　　述語　　　　　　主語

ら、眠っている家族を 起こしにくる。その結果、家族全員が 寝不足に

述語　　　　　　修飾語

なってしまった。また、立ってテレビを見ている長男の背中に飛びつい

　　　　　　　主語　　述語　　　　　　　　　　修飾語

て、怪我をさせることも たびたびあった。また、ソファーに座って本

162

を読んでいた主人などは、鋭い歯で囓られて、血が出たこと[も]ある。

それから、三毛から落ちる毛のせいで、アレルギー体質の次男はくしゃ

みが止まらなくなってしまったり[も]した。また、母の足も三毛の体に

ついたダニに刺されて真っ赤になったこと[も]ある。このように、三毛

が我が家のペットになってから、平穏だった落合家[は]、毎日戦争のよ

うになってしまった。大変なことになってしまったなあと、母[は]何度

も後悔していたそうである。

　可是，都是因為頑皮的小貓咪，搞得全家大亂。首先，每到清晨天亮時分，三毛一定一邊發出喵喵叫聲，一邊叫醒沉睡的家人。而其結果，就是全家人都睡眠不足。還有，好幾次三毛都撲上站著看電視的長子的背上，讓他受傷。還有，坐在沙發上看書的老公，也曾被三毛尖銳的牙齒咬到流血。再者，因為三毛掉下的毛引發敏感體質的次子不停打噴嚏。而媽媽的腳也曾被三毛身上的跳蚤咬得通紅。就這樣，三毛來到我家當寵物之後，原本安穩無事的落合家，每天變得像戰爭似的。媽媽好幾次都後悔著：「事情變棘手囉！」

主語 修飾語

ある日、宅配便 が 来てドア を 開けると、三毛がいきなり外へ飛び出

主語 述語 補語

して、そのまま行方が分からなくなってしまったこと が ある。三毛 を

述語 補語 述語 修飾語

捜すのに、皆でいろいろ工夫 を した。三毛がいなくなったこの一時間、

接續助詞 接續助詞 述語 主語 述語

皆心配でい ても 立っ ても いられなかった。そのうち、次男 が 泣き出

主語 主語 修飾語 補語 述語 補語 述語

した。長男 も 主人 も 暗い顔 を して、また三毛 を 捜しに出掛けた。

修飾語 主語 修飾語

今度こそ捜し出そうと思い、階段を上がった母 は 、暗闇の中で震えな

補語 述語 主語 補語 述語

がら待っている三毛 を 見つけた。母 が すぐ三毛 を 抱き上げて、嬉し

述語

く家へ帰った。

某天，因宅配到家的人來而打開了門，三毛就直接往外衝出，不知去向。大家苦思找尋三毛的種種辦法。三毛不在家的一個小時當中，大家都擔心得坐立難安。不久，次子哭了出來。長子和老公也神情哀傷，又出去找三毛。下定決心這次一定要找到三毛而往樓上去找的媽媽，終於找到縮在黑暗中顫抖等家人來尋找的三毛。媽媽立刻抱起三毛，愉快地回家。

第五段落

それ以来、皆家へ入るとすぐに、「三毛」と呼んで、いるかどうかを
まず確かめる。なぜなら、一度失ってみて、三毛の大切さが分かった
からである。三毛も落合家の生活に慣れて、お腹を出してのんびりと
昼寝をしたりするようになった。三毛に噛まれて上げる悲鳴は、今も
相変らず落合家で聞こえてはくるが、三毛はもうペットではなく、
家族の一員なのである。

從那之後，大家一回到家，就馬上呼叫「三毛」，先確認牠在不在
家。因為曾經失去過一次，才明白了三毛的重要性。而三毛也習慣落合家
的生活，常常露出肚子悠哉地睡著午覺。落合家至今還是不斷聽到被三毛
咬到的慘叫聲。但是，三毛已經不是寵物，而是落合家的成員了。

練習作文「仕事が一つ増えた」（多了一件工作）

下面的單字請標示唸音：

①大きい　大目に　大津波　大泥棒　大小　大なり小なり　大学　大地震　大豊作　大喜び　大騒ぎ　大同小異

②少ない　少な目に　少なくとも　少し　少しも　少量　少子化　少人数　少量　少数民族

③一月　お月様　一ヶ月　月曜日　月経　月日の経つのが早い

④今　今日　古今　今昔物語　今鏡　今井

⑤輪ゴム　平和の輪　車輪　三輪車　五輪

⑥経る　お経　経典　経過　経済

⑦筆　毛筆　執筆　鉛筆　鉛筆箱

⑧教室　教科書　教材　教え子　教え方

⑨取る　鳥取　取り皿　取り箸　取材　取得　詐取

⑩平　平均　平和　平らげる　平社員

⑪値段　値切る　平均値　偏差値　価値　値する

⑫隠す　隠れる　隠蔽　ご隠居さま　隠れん坊

⑬間柄　間隔　あっという間に　居間　客間

⑭清潔　潔癖　潔白　潔い　潔く

⑮お陰　日陰　人陰　陰口　陰陽　陰陽道　陰陽師　陰性

第 8 課

十年後の先生への手紙
じゅうねん ご　　　せんせい
て がみ

學習重點說明：

◆ 學習重點：1. 時序推移「なる」之表達方式
　　　　　　　2. 時序推移「～てくる／～ていく」之表達方式
　　　　　　　3.「日文書信」之書寫順序及注意事項

◆ 作文範例：「十年後の先生への手紙」
　　　　　　じゅうねん ご　せんせい　　て がみ
　　　　　　（十年後寄給老師的一封信）

◆ 範例解析：1. 作文結構說明
　　　　　　　2. 單字、片語（子句）學習
　　　　　　　3. 文法說明

◆ 觸類旁通：1. 加強文法概念
　　　　　　　2. 相關單字學習

◆ 深度日文文法學習

◆ 深度解析作文範例

◆ 附錄：常見日文書信各式問候語、用語
　　　　1. 季節問候語　2. 安康問候語　　3. 致歉問候語
　　　　4. 報告近況　　5. 代為傳達問候語　6. 結尾祝福語
　　　　7. 請託用語

一、學習重點

1. 時序推移「なる」之表達方式

各類詞性	接續方法／意義	例子
名詞	名詞になる 此時的「なる」意為「成為」	教師(きょうし)になる。 （當老師。）
形容動詞	形容動詞語幹になる 此時的「なる」意為「變成」	有名(ゆうめい)になる。 （成名。）
形容詞	形容詞原形去掉「い」 加「くなる」 此時的「なる」意為「變」	高(たか)くなる。 （變貴。）
動詞	動詞連體形ようになる 此時的「なる」意為「變成」	＊日本語(にほんご)で手紙(てがみ)を書(か)くようになる。 （習慣用日文寫信。） ＊日本語(にほんご)で手紙(てがみ)が書(か)けるようになる。 （能夠用日文寫信。）

2. 時序推移「～てくる／～ていく」之表達方式

用法種類	接時間	接空間
～てくる	表過去的時點到現在 例句 最近(さいきん)、段々(だんだん)太(ふと)ってきた。 （最近越來越胖了。）	表朝著說話者方向而來 例句 ジュースを買(か)ってくる。 （我去買飲料來。）

用法種類	接時間	接空間
～ていく	表現在的時點到未來 例句 年（とし）を取（と）って、太（ふと）っていくことは、あまりいいことではない。 （年紀大了，再胖下去不是好事一樁。）	表從說話者處離去 例句 友達（ともだち）が一人（ひとり）一人（ひとり）去（さ）っていく。 （朋友一個一個從我身邊離去。）

3.「日文書信」之書寫順序及注意事項

書信文的必備要件與書寫順序	功能說明以及書寫格式	補充說明以及實例
頭語（とうご） （開頭語）	置於書信文最前頭，可以獨自放在第一行。或是空一格書寫之後，再空一格繼續下面的「前文（ぜんぶん）」（開頭應酬語）。	頭語有許多種寫法，可以化繁為簡，簡單記住下面的四個用法，就可以應付各式情況，順利過關。 謹啓（きんけい）（鈞鑒；用於先寫信給對方，且較為鄭重的場合時） 拜啓（はいけい）（敬啟；用於先寫信給對方時） 拜復（はいふく）（敬復；用於回信給對方時） 前略（ぜんりゃく）（前略；用於緊急狀況時，或是表明直接進入正題時） 這三個用法需要跟「結語（けつご）」（結尾語）搭配使用。

書信文的必備 要件與書寫順序	功能說明以及 書寫格式	補充說明以及實例
前文^{ぜんぶん} （開頭應酬語）	切入正題之前的問候用詞，包括季節問候、問候對方安康、報告自己的近況、答謝或致歉等。若前面直接接續「頭語」時，須空一格再書寫。或是寫在「頭語」的下一行，先空一格才開始書寫。	①季節問候會隨著時序而更動說法，請參考本課之後的附錄。 ②問候對方安康，也有固定的說法，請參考本課之後的附錄。 ③報告自己的近況，也有常見的說法，請參考本課之後的附錄。 ④答謝可以視情況而定，也有常見的說法，請參考本課之後的附錄。 ⑤致歉可以視情況而定，也有常見的說法，請參考本課之後的附錄。
本文^{ほんぶん} （正文）	正式進入本書信文的主題。新的一個段落的開始，須空一格才開始書寫。	開頭時，常用「さて」（那麼）、「ところで」（另外）、「早速ですが」（請容直接切入正題）來預告話題的轉換。
末文^{まつぶん} （結尾應酬語）	結束正題後的收尾處，需要加上問候才行，內容包含祝福對方、拜託代傳問候給某人、代傳他人的問候、拜託請求、致謝等。「末文^{まつぶん}」也是新的一個段落，所以須空一格再開始書寫。	相關情形的常見用法，請參考本課之後的附錄。

書信文的必備要件與書寫順序	功能說明以及書寫格式	補充說明以及實例
結語（けつご）（結尾語）	書信文正式到此結束。若上面的「末文（まつぶん）」的最後一句，還沒有寫到該行的底部，則直接置於該行的最後。亦可不接在「末文（まつぶん）」後面，直接換行置於最後。	需要跟「頭語（とうご）」搭配使用。「拜啓（はいけい）」搭配「敬具（けいぐ）」（敬上）「拜復（はいふく）」搭配「敬具（けいぐ）」（敬上）「前略（ぜんりゃく）」搭配「草々（そうそう）」（匆此）
後付（あとづけ）（後記）	包括書寫日期、寄信人的「署名（しょめい）」、收信人等要項。①「結語（けつご）」的下一行，空三格之後放「書寫日期」。②「書寫日期」的下一行，則放「寄信人姓名」於該行的最後。③而寄信人的下一行，空兩格之後，則放「收信人的姓名加敬稱」，但注意位置須高於書信日期。	目前已經是國際化的時代，書信日期可以用西元年統一標示。至於收信人，則須根據對方的位階或與自己的親疏關係使用不同的稱呼。如果對方是教授、議員、醫生，用「先生（せんせい）」來稱呼；一般人或朋友則統一用「樣（さま）」來稱呼；如果對方是機關團體、公家單位，則用「御中（おんちゅう）」來稱呼。
追って書き（おってがき）（補述語）	用於書信全部結束之後，突然又想起某事想要追加時。投履歷的書信函或寫給長輩、不熟的人士時，建議不要使用，以免失去鄭重感，給對方留下不好的印象。「追って書き（おってがき）」也要當新的一個段落，須空一格才開始書寫。	可以用「追伸（ついしん）」（補述）、「追記（ついき）」（附帶補充）、「二伸（にしん）」（補述）來註明。

特別提醒事項

1. 書信文通常習慣用「です・ます」美化體來書寫。

2. 上述書信文裡所必備的書寫順序,是依據傳統日文直寫格式而論。如果使用目前流行的電腦打字的橫寫格式,記得先將收信人的姓名以及敬稱,調至書信文的最前面,以示尊敬。如果還是依照原先的直寫格式,拿來橫向書寫的話,收信人的姓名以及敬稱就會置於寄信人姓名之後,這簡直就像把收信人的姓名踩在腳下,非常不妥,記得不要犯錯。

3. 目前手寫書信的人少之又少,不過雖然常由電腦代勞,但是記得署名的地方還是自己親筆簽名,較為鄭重。

4. 書信內如果只有薄薄一張內容的話,不妨加一張空白信紙,以示誠意夠分量。

5. 雖然日文書信文已經進化到電腦軟體可以代勞的時代,不過這些畢竟還是要由人來使用,因此要明白書信文中各個要項必須具備的原理。如此一來,才能顯示出你的日文專業能力是無可取代的。

二、作文範例 「十年後の先生への手紙」

陳　燕先生

　拝啓

　年の瀬もいよいよ押し迫って参りました。ますますご健勝のことと拝察申し上げます。

　月日の経つのも早いもので、大学を卒業してから、もう10年経ちました。大学時代には随分いろいろとご迷惑をお掛けしたまま、ここ10年間ご無沙汰致しておりますこと、どうかお許し下さい。

　さて、簡単に近況報告をさせていただきます。大学を卒業後、火星開発を進めている日本とアメリカのベンチャー合弁会社に入り、陳先生の「こつこつと頑張れば、必ず好いことがある」とのお教えに従い、努力して参りました。おかげで、ようやく総務課長となることが出来ました。勤務地は火星のニュー・タイペイ・シティーですが、ここ2、3年、建設がだんだん盛んになり、今後、益々発展していくことでしょう。こちらの人口は、今年でなんと10万人に達しました。地球との間にも定期的に宇宙船が行き来しています。私事ですが、火星人の主人との間に、子供が2人出来ました。主人は地球人に火星語を教えている教師です。そんなに上手ではありませんが、私も少しだけ火星語を話せるようになりました。今は4人家族で、毎日幸せに暮らしております。

　ところで、ここ10年間、ずっとお詫びしたいと思っていることが一つあります。実は、4年生の時、先生の期末テストを準備するために、図書館で一生懸命に勉強しようと思った私は、海に一番近い窓際の閲覧席

に座りました。その時、急に眠たくてたまらなくなりました。はっと気づいたら、自分の魂が体から抜けて、図書館をうろうろしていました。姿を見られることなく、どこへも自由自在に行けることが面白く、陳先生の研究室を覗きに行ってみることにしました。研究室に着いた時、先生は丁度期末テストの試験を作っているところでした。先生の側に立ち、その内容をすべて暗記して、クラスメートに教えました。結局、クラス全員が100点を取ることになりました。学長が設けて下さった立派な表彰式で、学生達の素晴らしい成績に感激して涙を流していた先生のお姿を、未だに鮮明に覚えています。後輩の話によると、それからというもの、学生の教育においては自分をおいて他の誰にこんな教育が出来るものかと、物凄い自信をお持ちになったということです。今だから白状出来ますが、全員が100点を取れたのは、実は私のちょっとしたいたずらに過ぎなかったのです。先生のプライドを傷つけるつもりはありませんが、どうぞお許し下さい。

お詫びに、火星までの1週間滞在1ヵ月飛行のスペシャル豪華旅行券を4枚同封致します。宇宙船は当社で開発した最新型太陽放射線利用エンジンを搭載した高速豪華客船です。ぜひ、ご都合をつけてお出で下さいませ。お待ちしております。火星人の主人からもよろしくとのことです。

最後になりますが、ご家族のご多幸をお祈り申し上げております。

敬具

〇〇〇〇年12月20日

劉　徳敏

三、範例解析

（一）作文結構說明

第一段落　季節問候

第二段落　因疏於問候而致歉意

第三段落　報告近況

第四段落　切入本書信的主題，為多年前的惡作劇致歉

第五段落　邀請出遊

第六段落　祝福對方

（二）單字、片語（子句）學習

年の瀬もいよいよ押し詰まって参りました。（適逢歲末繁忙時節。）	合弁会社（合資公司）
ますますご健勝のことと拝察申し上げます。（期盼您身體健康萬事如意。）	行き来する（往返）
月日の経つのは早いものです。（歲月如梭。）	期末テストの試験問題（期末考題）
ご迷惑をお掛け致しました。（給您添了不少麻煩／倍受關照。）	表彰式（褒揚大會）
ご無沙汰致しております。（久疏問候。）	私以外の誰が出来るものか。（捨我其誰。）
どうかお許しのほどお願い致します。（請務必見諒。）	白状する（坦白）

こつこつと頑張(がんば)れば、必ず好(よ)いことがある。 （孜孜不倦努力的話，一定會有好運降臨。）	プライドを傷(きず)つける。 （傷害自尊心。）
同封(どうふういた)致します。（隨函附上。）	宇宙船(うちゅうせん)（太空船）
主人(しゅじん)からもよろしくとのことです。 （我家先生也要問候您。）	当社(とうしゃ)（本公司）
ご家族(かぞく)のご多幸(たこう)をお祈(いの)り致(いた)します。 （敬祝闔家平安。）	最新型太陽放射線利用(さいしんがたたいようほうしゃせんりよう)エンジン （最新型太陽能引擎）
ぜひ、ご都合(つごう)をつけてお出(い)でくださいませ。（請務必撥冗蒞臨。）	搭載(とうさい)する（配備使用）

（三）文法說明

1.「Aによると、Bそうだ」為表傳聞的用法

　　A為資料的來源，而B為事實的陳述。切記，最後一定要還回「そうだ」（前接終止形），才算句意完整。

例句

①天気予報(てんきよほう)によると、台風(たいふう)が明日(あした)の未明(みめい)上陸(じょうりく)するそうだ。

（根據氣象報告，聽說颱風明天清晨登陸。）

②歴史学者(れきしがくしゃ)の研究(けんきゅう)によると、鄭成功(ていせいこう)の母(はは)は日本人(にほんじん)だそうだ。

（根據歷史學家的研究指出，聽說鄭成功的母親是日本人。）

2. 敬語的用法

①一般單字前面加「お」或「ご」後，成為敬語用法

★和語前面通常加「お」，但也有例外。

お（和語）	例外
お休み、お楽しみ、 お知らせ、お変わり、 お代わり、お申し込み、 お願い、お導き、 お持ち帰り、おすそ分け、 お悔やみ、お好き、 お嫌い、お疲れ様	お電話、お返事、お元気、お世話、 お大事に、お手数、お宅、お時間、 お食事、お料理、お誕生日、お見舞い、 お子様、お土産、お土産話、お仕事、 お年賀状、お勉強、お体、お豆腐、 お砂糖、お作法、お達者、お道具、 お菓子、お買い徳、お弁当、お茶道、 お師匠、お相撲、お便所

★漢語前面通常加「ご」，但也有例外。

ご（漢語）	例外
【ア】 ご案内、ご一同、ご縁談、ご遠慮 【カ】 ご家族、ご回答、ご解答、ご快諾、ご確認、 ご活躍、ご歓迎、ご希望、ご勤務、ご教示、 ご協力、ご結婚、ご欠席、ご検討、ご合格 【サ】 ご参加、ご参照、ご承知、ご紹介、ご親族、 ご自愛、ご自身、ご自宅、ご幸甚、ご説明、 ご卒業、ご就職、ご出席、ご指導、ご助言、 ご宿泊、ご参考、ご相談、ご成功 【タ】 ご対策、ご大作、ご退職、ご代表、ご担当、 ご著作、ご注文、ご通知、ご都合、ご提案、 ご提出	ご一緒、ご存じ、 ごもっとも、ご覧

ご（漢語）	例外
【ハ】 ご不明、ご病状、ご報告、ご鞭撻、ご発明 【マ】 ご無理、ご迷惑、ご面倒 【ヤ】 ご結納、ご予約、ご要望、ご用命、ご厄介、 ご様子、ご用意 【ラ】 ご来賓、ご連絡、ご論文	ご一緒、ご存じ、 ごもっとも、ご覧

②外來語單字前面，不加「お（ご）」。

おメール　　　　×	おケーキ　　　　×	おキャベツ　×
おチケット　　　×	おバス　　　　　×	おテレビ　　×
おゲーム　　　　×	おステーキ　　　×	おラーメン　×
おスパゲッティ　×	おコンピューター　×	おトイレ　　×

　　　　但是在居酒屋中，常聽店員會用「おビール」問客人需不需要。實際上，在一般的家庭中，大概都只說「ビール」。

③食品材料類的情形，有些加「お」，有些不加「お」。

　★加「お」的情形有：

　　　おねぎ、お砂糖、お塩、お醋　お寿司、お握り、おやつ、お肉、お魚、お野菜、お果物、お茶、お菓子、お米、お酒、お芋、お豆、お蕎麦、おうどん、お料理、お汁、お節料理、お鍋、お匙、お箸、お茶碗、おつまみ

　★不加「お」的情形有：

　　　天ぷら、牛蒡、人参、味醂、調味料、中華料理、日本料理

④動、植物的情形，通常不加「お」。

　　　像是「お馬」、「お牛」、「お亀」、「お猿」等，可視為對小孩說的
幼兒語。

⑤本身就有損人惡意的語彙，通常不加「お」。

　　　像是「まぬけ」（少根筋）、「あほう」（傻子）、「尻もち」（摔跤）
等不加「お」，但是，像是身體器官或生理現象，如「お尻」（屁股）、
「おなら」（放屁）、「おしっこ」（尿液）、「おはげ」（禿頭）之類，通常
會加「お」。至於「おばか」，可視為暱稱。

⑥通常疾病名稱之前不加「お」或「ご」。

⑦語彙本身的假名第一個發音是「お」時，通常不加「お」。例如：「美味
しい」（好吃的）、「桶」（木桶）、「押し入れ」（壁櫥）、「応接間」（客
廳）之類。

四、觸類旁通

（一）加強文法概念

1. 傳聞的相關用法

　　表示傳聞時，除了「Aによると、Bそうだ」句型外，還可以將「そうだ」，替換成「という」（前接終止形）、「らしい」（前接終止形）、「ようだ」（當名詞用或前接連體形）。

例句

①天気予報によると、台風が明日の未明上陸するという。
天気予報によると、台風が明日の未明上陸するらしい。
天気予報によると、台風が明日の未明上陸するようだ。

（根據氣象報告，聽說颱風明天清晨登陸。）

②歴史学者の研究によると、鄭成功の母は日本人だという。
歴史学者の研究によると、鄭成功の母は日本人らしい。
歴史学者の研究によると、鄭成功の母は日本人のようだ。

（根據歷史學家研究報告指出，聽說鄭成功的母親是日本人。）

2. 表達「事實的推論」意思的「らしい」與「ようだ」

　　談自己的經驗的時候，「らしい」與「ようだ」兩者，亦可以表示事實的推論。但是「らしい」為「有客觀根據」的推論，而「ようだ」則是「含有主觀認知判斷」的推論。

例句

①玄関で何か話し声がする。誰か来たらしい。

（玄關有說話聲，好像有人來了。）

②今回の交渉が合意に至らなかったことは、誠に残念なことだ。しかし、交渉の進め方にも手違いが多かったようだ。

（本次談判無法達成協議，倍感遺憾。不過，交渉的進行方式，似乎有許多失誤。）

（二）相關單字學習

差出人（寄信人）	縦書き（直寫）
宛名（收信人姓名）	横書き（橫寫）
宛先（收信人地址）	宇宙飛行士（太空人）
受取人（收信人）	宇宙ステーション（太空站）
日付（日期）	無重力（無重量狀態）
封筒（信封）	宇宙食（太空餐）
便箋（信紙）	恒星（恆星）
表書き（正面書寫）	惑星（行星）
裏書き（背面書寫）	彗星（彗星）

五、深度日文文法學習

敬語用法的分類

　　日文的敬語用法細分為「尊敬語」、「謙讓語」、「丁寧語」三種。「尊敬語」是表示對對方的尊重之意，例如：「いらっしゃる」、「なさる」、「お出でになる」；而「謙讓語」是謙卑自己，以提升對對方的尊敬，例如：「おる」、「する」、「参る」；「丁寧語」則是讓人覺得說話者講話具教養、有禮貌，例如：「御座る」、「で御座る」。

1. 敬語用法：尊敬語

　　動詞尊敬語的用法，可分為有規則可循，以及沒有規則可循的兩類：

種類	使用情況	例字
衍生出的尊敬語，是有規則可循的情形	お動詞連用形+になる	お読みになる、お持ちになる
	お動詞連用形+なさる	お読みなさる、お持ちなさる
	お動詞連用形+下さる	お読み下さる、お持ち下さる
	動詞未然形+れる（前面為五段動詞、サ變動詞時）	読まれる、持たれる、勉強される、質問される
	動詞未然形+られる（前面為上一段、下一段、カ變動詞時）	起きられる、寝られる、来られる

種類	一般說法	尊敬語
衍生出的尊敬語，是沒有規則可循的情形	見る	ご覧になる
	行く／来る／いる	いらっしゃる
	行く／来る	お越しになる
	言う	おっしゃる
	する	なさる
	来る	見える／お出でになる
	飲む／食べる	召し上がる
	着る／飲む／乗る	召す
	風邪を引く	お風邪を召す
	思う	思し召す
	入る	上がる

2. 敬語用法：謙讓語

動詞謙讓語的用法，可分為有規則可循，以及沒有規則可循的兩類：

種類	使用情況	例字
衍生出的謙讓語，是有規則可循的情形	お動詞連用形+する	お読みする、お飲みする
	ご漢語+する	ご案内する、ご検討する
	お和語或ご漢語+に預かる	お褒めに預かる ご紹介に預かる

種類	一般說法	謙讓語
衍生出的謙讓語，是沒有規則可循的情形	見る	拝見する／ご覧に入れる
	行く／来る	参る
	飲む／食べる	いただく
	いる	おる
	会う	お目にかかる
	する	致す
	聞く	お耳に入れる
	質問する／訪問する／聞く	伺う
	訪ねる	上がる
	受け付ける／受ける	承る
	借りる	拝借する
	言う	申す

3. 敬語用法：丁寧語

丁寧語的用法，只有下面幾個簡單的用法：

一般說法	丁寧語
ある／いる	ございます
だ	です
です	でございます
死ぬ	亡くなる
寝る	休む
分かる	畏まる

六、深度解析作文範例

「十年後の先生への手紙」（十年後寄給老師的一封信）

第一段落

陳　燕先生

拝啓

| 修飾語 | 主語 | | | 述語 | | 述語 | | 格助詞 |

年の瀬も いよいよ押し迫って参りました。ますますご健勝のこと と

拝察申し上げます。

陳燕老師　鈞鑒

適逢歲末繁忙時節，期盼您身體健康、萬事如意。

第二段落

| 修飾語 | 主語 | | 述語 | 補語 | 述語 | | 述語 |

月日の経つのも 早いもので、大学を卒業してから、もう10年経ちま

した。大学時代には随分いろいろとご迷惑をお掛け致しましたまま、

ここ10年間大変ご無沙汰致しておりますこと、どうかお許し下さい。

185

時光如流、歲月如梭，大學畢業至今，已過了十個寒暑。大學時代倍受關照，十年來卻久疏問候，敬請包涵、原諒。

第三段落

　さて、簡単に近況報告をさせていただきます。大学を卒業後、火星

開発を進めている日本とアメリカのベンチャー合弁会社に入り、陳先生

の「こつこつと頑張れば、必ず好いことがある」とのお教えに従い、

努力して参りました。おかげで、ようやく今は総務課長となることが

出来ました。勤務地は火星のニュー・タイペイ・シティーですが、

ここ2、3年、建設がだんだん盛んになり、今後、益々発展していく

ことでしょう。こちらの人口は今年でなんと10万人に達しました。

地球との間にも定期的に宇宙船が行き来しています。私事ですが、

火星人の主人との間に、子供が2人出来ました。主人は地球人

述語 述語
に火星語を教えている教師です。そんなに上手ではありませんが、

主語 修飾語 述語
私 も 少しだけ火星語を話せるようになりました。今は4人家族で、

述語
毎日幸せに暮らしております。

　　請容我簡單向您報告近況。大學畢業之後，我進入日美合資的火星開發公司，謹守陳老師您平日「孜孜不倦努力的話，一定會有好運降臨。」的教誨，一路努力而來。託老師的福，終於現在當上了總務科長。公司所在地，位於火星的新北市，這裡近兩、三年，建設工程如火如荼地進行著，未來的發展想必可觀。這裡的人口今年竟然高達十萬人。且有固定的太空船班次，往返火星與地球之間。接下來是我的私事，我和火星人的老公之間，生了兩個小孩。我老公是教地球人火星語的教師。雖然我還說得不是很好，但也能說一點火星語了。現在我們全家四個人，每天幸福美滿地過著日子。

第四段落

修飾語 主語
ところで、ここ10年間、ずっとお詫びしたいと思っていること が 一

述語 修飾語 補語 述語
つあります。実は、4年生の時、先生の期末テスト を 準備するために、

修飾語　　　　　　　　　　　　　　　　主語　　修飾語

図書館で一生懸命に勉強しようと思った私は、海に一番近い窓際の

　　　　　述語　　　　　　　　　　　述語

閲覧席に座りました。その時、急に眠たくてたまらなくなりました。

　　　　述語 接續助詞 修飾語 主語　　　　　　　　　述語　　補語

はっと気づいたら、自分の魂が自分の体から抜けて、図書館をう

　　　述語　　　　　修飾語

ろうろしていました。姿を見られることなく、どこへも自由自在に行け

　主語　　述語　　修飾語　　　　　　　　　　　　　　述語

ることが面白く、陳先生の研究室を覗きに行ってみることにしました。

修飾語　　　　　修飾語　　　　　　　　　　　　　　　　述語

研究室に着いた時、先生は丁度期末テストの試験題目を作っているとこ

　　　　修飾語　　　述語　　補語　　　述語

ろでした。先生の側に立ち、その内容をすべて暗記して、クラスメー

　　述語　　　　　主語　　　修飾語　　　述語

トに教えました。結局、クラス全員が100点を取ることになりました。

修飾語　　　　　　　　　　　　修飾語

学長が設けて下さった立派な表彰式で、学生達の素晴らしい成績に感激

　　　　　　　　　　　　　　　　　　述語　　　修飾語

して、涙を流していた先生のお姿を、未だに鮮明に覚えています。後輩の

　　　　　　　　　　　修飾語

話によると、それからというもの、学生の教育においては自分をおいて

格助詞　修飾語　補語　　述語

他の誰にこんな教育が出来るものか と 、物凄い自信 を お持ちになった

述語　　　　　　　述語　　　　　　修飾語　　　　　主語

ということです。今だから白状出来ますが、全員が100点を取れたの は 、

修飾語　　　　　　　　　　　　　　　　述語　　修飾語

実は私のちょっとしたいたずらに過ぎなかったのです。先生のプライド

主語　　　述語　　　　　　　　述語

を傷つけるつもり は ありませんが、どうぞお許し下さい。

　　對了，這十年來我一直有一件事想要向老師您道歉。其實四年級時，曾經為了準備老師您的期末考，在圖書館裡，坐在最靠近海邊的窗戶邊的座位。那時，突然昏昏沉沉非常想睡覺。一注意到時，竟然發現自己的靈魂出竅，在圖書館到處遊蕩著。心想不會被看到，能自由自在地去任何地方真有趣，所以就遊蕩到陳老師您的研究室瞧一瞧。到研究室時，看到老師您正在出期末考的考題。我就站在老師的身邊，把您出的考題所有內容一一背下來，告訴了同學。結果全班每個人都考了一百分。至今仍清晰記得老師您上台接受校長頒獎時，因為感念學生們優秀的成績而掉下眼淚的景象。聽學弟妹說，由於那件事之後，您一提到教導學生，就展現一副捨我其誰的強烈自信。事到如今，我才敢向您坦白，全班都考了一百分，其實只不過是我開的小小玩笑而成的。我完全沒有要傷害老師的自尊的打算，敬請您原諒。

修飾語

お詫びに、火星までの１週間滞在１ヵ月飛行のスペシャル豪華旅行券

補語

述語　　主語　修飾語

を４枚同封致します。宇宙船は当社で開発した最新型太陽放射線利用

述語　　　　　　　　　　　　　補語　　　　述語　述語

エンジンを搭載した高速豪華客船です。ぜひ、ご都合をつけてお出で

述語　　　　述語　　　修飾語

下さいませ。お待ちしております。火星人の主人からもよろしくとの

述語

ことです。

　　　　為了向您致歉，謹此特地奉上四張到火星停留一星期、飛行一個月的
豪華旅遊券。搭乘的是配備使用本公司所研發出最新型太陽能引擎的快速
豪華太空船。請務必撥冗參加。期待著您的大駕光臨。我火星人的先生，
也要我代為向您問候。

述語　　　　修飾語　　　補語　　述語

最後になりますが、ご家族のご多幸をお祈り申し上げております。

敬具

○○○○年12月21日

劉　德敏

謹此，敬祝闔家平安。

劉德敏　敬上

○○○○年12月20日

練習作文「十年後の友達への手紙」（十年後寄給朋友的一封信）

1. 請選擇「お」或「ご」，正確填入括號之中。

① （　　　）教え　／（　　　）教示

② （　　　）知らせ／（　　　）通知

③ （　　　）導き　／（　　　）指導

④ （　　　）答え　／（　　　）回答

⑤ （　　　）伺い　／（　　　）質問

⑥ （　　　）勤め　／（　　　）勤務

⑦ （　　　）力添え／（　　　）協力

⑧ （　　　）届け　／（　　　）配達

2. 請將下面的語彙，分類成前面加「お」的群組、加「ご」的群組、不需要加的群組等三個組別。

兄弟　　嬢さん　　隠居さん　　介護　　手続き　　申請　　礼

手料理　専門　　質問　　計画　　年配　　若い　　美しい

立派　　綺麗　　丁寧　　久しぶり　　心遣い　　上手　　注意

飲み物　食べ物　金　　酒　　車　　気を付ける

申覆　　審議　　風呂　　店　　真面目な　方　　手紙

都合　　提出　　苦労　　疲れ様　　好き　　嫌い

問い合わせ　　担当　　手洗い　　エレベーター　　優しい

安い　　顔　　耳　　腹　　尻　　勤め人

焼き肉のたれ　　味噌　　味噌汁　　ドレッシング　　椅子

机　　奉仕品　　会場　　美味しい　コップ　　じゃがいも

にんにく　しょうが　カレーライス　　飯　　米　　褒美

冷や　　節料理　　押し入れ　匙　　応接間　寒さ　　釜

釜飯　　茶碗蒸し　淋しい

附錄：常見日文書信各式問候語、用語

1. 季節問候語

①寒に入ってから、ひとしお寒さが厳しくなりました。【1月】

（進入寒冬時節，倍感寒氣徹骨。）

②立春とは名ばかりで、相変らず寒い日が続いております。【2月】

（儘管進入立春時節，仍寒氣未消。）

③一雨ごとに暖かくなって参りました。【3月】

（每逢春雨降臨時節，倍感溫暖。）

④春眠暁覚えずと言われるころになりました。【4月】

（又到了春眠不覺曉的時節。）

⑤青葉の風薫るころとなりました。【5月】

（又到了綠意盎然、清風拂面的時節。）

⑥長雨のうっとしいころとなりました。【6月】

（又到了細雨綿綿、令人心煩意亂的時節。）

⑦梅雨があけた途端、厳しい暑さが続いております。【7月】

（又到了梅雨剛過、酷暑難消的季節。）

⑧ひぐらしの声にも夏の終わりが感じられます。【8月】

（伴隨著蟬聲，夏天腳步已經逐漸離去。）

⑨一雨ごとに、秋の気配が忍び寄ってきます。【9月】

（每逢秋雨，倍感秋意逼近。）

⑩菊薫る季節となりました。【10月】（又到了菊花盛開、秋意濃郁的季節。）

⑪柿の実が風ですっかり落ちてしまいました。【11月】

（又到了柿紅被風掃滿地的季節。）

⑫師走に入って、寒さも一段と厳しくなり、なんとなく気ぜわしくなっ

てきたようです。【12月】

（正值歲末時分、寒意加深、路上行人匆匆的時節。）

2. 安康問候語

①その後、いかがお過ごしでしょうか。（別來無恙嗎？）

②その後、お変わりはございませんか。（別來無恙嗎？）

③御様子いかがでしょうか、御案じ申し上げます。（別來無恙嗎？）

④ますますご健勝のこと、御慶び申し上げます。

（欣聞健康平安，倍感歡喜。）

⑤ますますご健勝のことと、拝察申し上げます。

（欣聞健康平安，倍榮焉。）

3. 致歉問候語

①大変ご無沙汰致しまして、誠に申し訳ございません。

（久疏問候，敬請見諒。）

②長い間、ご連絡申し上げず、大変失礼致しました。

（久疏問候，敬請包涵。）

4. 報告近況

①私どもは相変らずでございます。（一切平安。）

②お陰様で、元気にしておりますので、ご放念下さいませ。

（託福，一切安康，敬請放心。）

5. 代為傳達問候語

①ご家族にもよろしくお伝え下さいませ。（請替我問候家人。）

②父から、くれぐれもよろしくとのことでございます。

（家父要我傳達問候之意。）

6. 結尾祝福語

①取り急ぎ、ご連絡申し上げます。（匆此聯絡。）

②お体をご自愛下さいませ。（敬請保重身體。）

③ご健康をお祈り致します。（敬祝健康。）

④ますますのご発展をお祈り致します。（敬祝事業順利。）

⑤ますますのご活躍をお祈り致します。（敬祝飛黃騰達。）

⑥ご家族のますますのご健勝をお祈り致します。（敬祝闔家平安。）

⑦ご成功をお祈り致します。（敬祝順利成功。）

⑧一日も早くお元気になりますよう、お祈り致します。（敬祝早日康復。）

196

7. 請託用語

①お手数ですが、お返事をいただければ、幸いです。（煩請回覆為禱。）

②お手数ですが、返信封筒にてご返信いただければ、幸いです。

（煩請用回郵信封回覆為禱。）

③ご面倒なお願いですが、ご協力を賜りますよう、お願い申し上げます。

（不情之請，懇請賜予幫忙。）

④お忙しいとは存じますが、ご参加いただければ、嬉しいです。

（百忙之中，懇請撥冗參加。）

⑤ご多忙中のところ誠に申し訳ございませんが、お返事をいただければ、

幸いに存じます。（百忙之中，懇請賜予回覆為禱。）

⑥ご多用のところ誠に恐れいりますが、至急ご回答賜りたく存じます。

（百忙之中，誠惶誠恐，懇請盡速回覆為禱。）

⑦ご多用中、誠に恐れいりますが、至急ご回答賜りますよう、お願い申

し上げます。（百忙之中，誠惶誠恐，懇請盡速回覆為禱。）

⑧ご多用のところ、誠に恐れいりますが、至急ご回答いただきますよう、

お願い申し上げます。（百忙之中，誠惶誠恐，懇請盡速回覆為禱。）

⑨ご迷惑をお掛け致しましたこと、幾重にもお詫び申し上げます。

（對於無禮之處，再次致上誠摯的歉意。）

⑩今後ともどうぞよろしくお願い申し上げます。（今後敬請多多指教。）

第9課

きんがしんねん
謹賀新年

一、學習重點

1. 祈願、祝福、請求、命令之相關表現

　　〜ますよう、お祈（いの）り申（もう）し上（あ）げます

　　〜いただきますように、お願（ねが）い致（いた）します

　　〜下（くだ）さいますように、お願（ねが）い致（いた）します

　　〜賜（たまわ）りますように、御案内（ごあんないもう）申（あ）し上げます

　　〜のほど、お願（ねが）い致（いた）します

2. 各類問候卡的開端用詞

各類問候卡	常用例句	使用情況說明
年賀状（ねんがじょう） （賀年卡）	①謹賀新年（きんがしんねん）（恭賀新禧） ②恭賀新年（きょうがしんねん）（恭賀新禧） ③明けましておめでとうございます （新春愉快） ④新年（しんねん）おめでとうございます （新年快樂） ⑤謹（つつし）んで新春（しんしゅん）のお喜（よろこ）びを申（もう）し上（あ）げます （恭賀新春） ⑥謹（つつし）んで新年（しんねん）の御挨拶（ごあいさつ）を申（もう）し上（あ）げます （恭賀新禧） ⑦謹（つつし）んで年頭（ねんとう）の御祝詞（ごしゅくし）を申（もう）し上（あ）げます （恭賀新春）	「年賀状（ねんがじょう）」可以到郵局購買特製的明信片，或購買市販賀年卡、自製版畫賀年卡來寄發。日本國內每年約十二月二十日之前寄出的賀卡，就能於元旦一月一日當天寄達。最遲不要超過一月十五日寄出。如果錯過寄出時機，於一月十五日之後寄出「寒中見舞（かんちゅうみま）い」（寒中問安），也說得過去。此外，日本習俗規定守喪期間，不能收或寄賀年卡。於是，當年度家有喪事之喪家，須於十二月一日左右寄出通知，說明原因，請親朋好友等不要於過年期間寄來「年賀状（ねんがじょう）」。如果碰到這種情形的話，請在一月十五日之後，寄出「寒中見舞（かんちゅうみま）い」來問候對方。
寒中見舞（かんちゅうみま）い （寒中問安卡）	寒中御見舞（かんちゅうおみま）い申（もう）し上（あ）げます （寒中問安）	錯過寄「年賀状（ねんがじょう）」的時機或礙於日本禮俗不能寄或收「年賀状（ねんがじょう）」的情況，可以於一月十五日之後寄「寒中見舞（かんちゅうみま）い」來問候親朋好友等。

各類問候卡	常用例句	使用情況說明
暑中見舞い （暑中問安卡）	暑中御見舞い申し上げます （暑中問安）	寄發時機約在日本七月二十日放暑假以後至「お盆」（日本盂蘭節掃墓時節）的八月十五日左右。此外，在此時節，日本人會致贈「お中元」（中元送禮）給客戶、親朋好友。
お悔やみ （悼念致意喪家卡）	このたび、〇〇様が亡くなられましたとのこと、謹んでお悔やみ申し上げます （聞知〇〇不幸駕鶴西歸，敬請節哀順變）	當對方家有喪事時，用於安慰喪家。一旦知道，越快寄出越好。
就職のお知らせ （就業通知卡）	このたび、～に就職することになりました （順利找到～工作）	工作正式決定後，馬上寄出為宜。
転勤のお知らせ （轉換工作通知卡）	このたび、～に転勤することになりました （順利轉換～工作）	遇到換公司，或換到同一公司的不同單位時，馬上寄出為宜。
結婚のお知らせ （通知結婚喜訊卡）	①このたび、私ども、〇〇様のご媒妁により、結婚式を挙げることになりました （因〇〇之媒妁之言，正式決定婚禮日期） ②このたび、私ども、結婚致しました （我們順利步入禮堂結婚了）	婚禮決定時或辦完婚禮之後，馬上寄出為宜。

各類問候卡	常用例句	使用情況說明
転居（てんきょ）のお知（し）らせ （通知搬家消息卡）	このたび、〜に転居（てんきょ）することになりました （順利搬了新家）	搬家之後，避免音訊全失，馬上聯絡為宜。禮貌上，可邀請對方來家裡坐坐。
喪中（もちゅう）のため、年賀状（ねんがじょう）のご遠慮（えんりょ）のお知（し）らせ （請勿寄發賀年卡通知）	①喪中（もちゅう）につき、年賀（ねんが）の儀（ぎ）は失礼（しつれい）させていただきます （守喪期間，新春佳節不便往來問候，敬請見諒） ②服喪中（ふくもちゅう）でございますので、年始（ねんし）のご挨拶（あいさつ）はご遠慮（えんりょ）申し上げます （守喪期間，新春佳節不便往來問候，敬請見諒）	當年度家中有喪事的喪家，日本習俗規定守喪期間不宜寄或收賀年卡。因此須於十二月一日左右寄出通知，以免對方措手不及，已經寄出賀年卡。

3.「隨著某事或因某事帶來的結果」之相關表現

所處情況	句型與例句
隨著某事帶來之結果	①〜につれて、〜（に）なる 年（とし）を取（と）るにつれて、物忘（ものわす）れが激（はげ）しくなる。 （隨著年紀增長，忘東忘西越來越嚴重了。） ②〜にしたがって、〜（に）なる 学年（がくねん）が上（あ）がるにしたがって、数学（すうがく）の内容（ないよう）が難（むずか）しくなる。 （越是升上高年級，數學的內容，越來越難。）
因某事帶來之結果	〜につき、〜 点検（てんけん）につき、本日（ほんじつ）の営業時間（えいぎょうじかん）を変更（へんこう）させていただきます。 （因盤點的因素，請容變更今天的營業時間。）

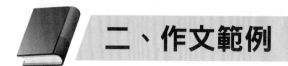

二、作文範例

（一）「謹賀新年」

　　謹んで新年のお慶びを申し上げます。

　　昨年、日本に来たばかりのときは、分からないことだらけでした。しかし、みなさまのおかげで、日本の生活にもすっかり慣れることができました。本当にいろいろとお世話になり、感謝しております。

　　初めての日本のお正月ですので、伝統の紅白歌合戦を見て、年越しそばを食べて、初詣にお参りに行くといった日本の昔ながらのお正月を迎えたいと存じます。それで元気をつけてもらって、3月の入学試験に向かって猛勉強するつもりです。今度こそ、念願の大学院入学の夢を叶えたいです。本年も変わらぬご指導、ご鞭撻のほど、よろしくお願い申し上げます。

　　ご家族にとって、ご多幸の一年でありますよう、お祈り致します。

○○年　吉日

落合　秀樹

（二）「寒中見舞い」

寒中御見舞い申し上げます。

　松の内も過ぎましたが、凌ぎにくい寒気が募って参りました。いかが
お過ごしでしょうか。私は寒さに負けずに元気よく仕事に励んでおりま
す。どうぞ、ご安心下さいませ。

　今年は、まだまだ寒さが厳しいようです。どうぞ、ご健勝にてお過ご
し下さいませ。

〇年〇月〇日

落合　由治

（三）「お悔やみ」

　このたび、お父上様がお亡くなりになられたとのこと、さぞ、お悲し
みのことと存じます。謹んでお悔やみを申し上げます。どうか、ご家族
の皆様とお力を合わせ、お気を確かになされますよう、お祈り致してお
ります。

〇年〇月〇日

落合　毅樹

（四）「転勤のお知らせ」

　　拝啓　陽春の候、ますますのご健勝のこと、お喜び申し上げます。

　　さて、私儀、4月1日付で台北本店の勤務を命じられ、このほど無事着任致しました。二年間の日本の在任中には、公私ともにいろいろとお世話になり、感謝致しております。

　　なお、台湾の新住所は下記の通りです。台湾にお出でになる際には、ぜひお立ち寄り下さいませ。

記

住所：251　新北市淡水区英専路151号

電話：+886-2-26215656

○年○月○日

落合　玉樹

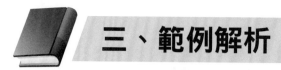

三、範例解析

（一）作文結構說明

「謹賀新年」

第一段落　新春問安

第二段落　表達承蒙關照

第三段落　說明自己新年的新願望，並請求指導

第四段落　祝福對方

「寒中見舞い」

第一段落　寒中問安

第二段落　問候對方並報告自己的近況

第三段落　祝福對方

「お悔やみ」

第一段落　撫慰喪家的哀慟，鼓勵從悲傷中重新站起來

「転勤のお知らせ」

第一段落　問候對方

第二段落　報告轉換服務單位之始末，並感謝關照

第三段落　歡迎對方蒞臨探望

第四段落　附上新的聯絡資訊

（二）單字、片語（子句）學習

こうはくうたがっせん 紅白歌合戦（紅白歌唱大賽）	しの　　　　　　かんき 凌ぎにくい寒気（難耐徹骨寒氣）
としこ 年越しそば （除歲鐘聲響起吃的過年蕎麥麵）	お気を確かになされます （能夠提起勁來恢復堅強的意志）
はつもうで 初詣（年初第一次參拜神社）	わたくしぎ 私儀（個人私事）
もうべんきょう 猛勉強（努力用功唸書）	きんむ　　めい 勤務を命じられる（被任命擔任工作）
ねんがん 念願（多年的宿願）	ぶじちゃくにん 無事着任（順利就任）
まつ　うち 松の内（因為一月七日之後或十五日之後，會除去新年期間家門口的布置，所以簡單意思為「過年期間」）	ざいにんちゅう 在任中（擔任職務當中）
しどう　　　べんたつ ご指導、ご鞭撻のほど、よろしくお ねが　もう　あ 願い申し上げます。 （敬請批評指教。）	た　　よ　　くだ お立ち寄り下さいませ。 （歡迎大駕光臨。）

（三）文法說明

1.「～たばかり」之用法

　　動詞連用形（簡稱第二變化）加過去式「た」，之後再加「ばかり」，成為「～たばかり」，中文意思為「剛剛～」。

> 例句

にほんご　　なら
日本語を習ったばかりなので、人に教えられるほどではない。

（因為剛學日文而已，所以還不至於能教授他人日文。）

2.「～ながら」之用法

基本上，「ながら」前面接續動詞連用形（簡稱第二變化），意思或是會有三種可能性，一為「一邊～一邊～」，二為「～狀態」，三為「雖然」。就像「昔ながら」一樣，「ながら」加名詞「昔」，表示保持了過去以來不變的狀態、風貌。

例句

世の中の誰が、生まれながらの純粋な心を死ぬまで持ち続けられるのか。

（人生在世，誰又能到死都一直保持赤子之心呢？）

3.「～にとって」之用法

「～にとって」，表示「對某人而言」，且著重於從某人的視點來看。

例句

今の台湾にとって、人材育成こそが一番大事なことである。

（對目前的台灣而言，培育人才是當務之急。）

4.「～ように、お祈り致します／お願い致します／お願い申し上げます」之用法

「～ように、お祈り致します／お願い致します／お願い申し上げます」是用於祝福對方或請託對方時非常方便的句型，也可以使用於口頭表達之上。若能隨時掛在嘴上，在職場上，必能令人刮目相看。

例句

①一日も早く、日本留学の夢が叶いますように、お祈り致します。

（祝福早日實現留學日本之夢。）

②早速のお返事を下さいますように、お願い致します。

（請務必盡快給我回覆。）

③折り返しのお電話を賜りますように、お願い申し上げます。

（請務必馬上回撥電話給我。）

5.「～にくい」之用法

「にくい」前面接續動詞連用形（簡稱第二變化），表示「難於做某件事」。

例句

骨が沢山ある魚は食べにくい。（骨刺很多的魚，很不容易吃。）

四、觸類旁通

（一）加強文法概念

1.「～ながら」的三種用法

「ながら」前面接續動詞連用形（簡稱第二變化），有三個不同的表達意思。一為「一邊～一邊～」，二為「～狀態」（前面亦可接名詞），三為逆接的「雖然」。

例句

①末っ子はいつもテレビのアニメ番組を見ながら、晩ご飯を食べている。

（老么總是邊看電視卡通節目，邊吃著飯。）

②昔ながらの人情味のあった日本が好きである。

（我喜歡從前富有人情味的日本。）

③残念ながら、今回は採用に至りませんでした。

（很遺憾地，本次沒有錄取。）

2.「～よう、お願い致します」和「～のほど、お願い致します」的差異

同樣於拜託請求時使用，但是兩者的差別，在於前者「～ように」的前面須接續動詞，而「～のほど」的前面須接名詞。

例句

①ご協力いただきますよう、お願い致します。（敬請賜予幫忙。）

②ご協力のほど、お願い致します。（敬請賜予幫忙。）

3. 同表「對〜」的「〜にとって」與「〜に対して」的差異

「〜にとって」著重於站在某人的視點而言，而「〜に対して」則為面對對象的某人。前者為視點的發射，後者為發射的對象，兩者意思截然不同，須小心注意。

例句

①先生にとって、学生が真面目に勉強することが一番嬉しいことである。

（對老師而言，學生認真唸書是最高興的事。）

②先生に対して、失礼なことを言ってはいけない。

（對老師不可說出沒禮貌的話。）

4. 「易於〜」（〜やすい）或「難於〜」（〜難い、〜にくい、〜づらい）的表達方式

「〜やすい」前面接續動詞連用形（簡稱第二變化），表示「容易做某件事」。而「〜難い」、「〜にくい」、「〜づらい」前面亦接續動詞連用形（簡稱第二變化），表示「難於做某件事」，此三者間，意思雖然相近，還是有微妙的差異。

「〜難い」是就心理層面產生的抗拒而難於從事某事，不能用於物理層面或技術層面上所產生的抗拒，所以通常前接表達感情的動詞。例如：「信じ難い」（難以相信）、「忘れ難い」（難以忘記）、「許し難い」（難以原諒）、「捨て難い」（難以捨棄）、「名状し難い」（難以形容）。

　　而「～にくい」、「～づらい」則是就心理層面、物理層面、技術層面上，難於從事某事。例如：「扱<ruby>あつか</ruby>いにくい」（難於使用）、「扱<ruby>あつか</ruby>いづらい」（難於使用）都是表示東西設計不夠人性化，不好使用。但是提到脾氣怪的人不好相處時，就只能用「扱<ruby>あつか</ruby>いにくい人間<ruby>にんげん</ruby>」（難搞定的人）。通常「～づらい」前接表達意志的動詞，例如：「読<ruby>よ</ruby>みづらい」（難於閱讀）、「頼<ruby>たの</ruby>みづらい」（難於拜託）等；而「～にくい」則接非意志的動詞，例如：「見<ruby>み</ruby>えにくい」（難於見到）、「分<ruby>わ</ruby>かりにくい」（難於理解）、「燃<ruby>も</ruby>えにくい」（難於燃燒）等。

　　彙整上述的大致區別方式，說明如下：

用法	差異性	接續注意事項
～難<ruby>がた</ruby>い	心理層面產生的抗拒而難於從事某事。	「～難<ruby>がた</ruby>い」前接「表達感情」的動詞
～にくい ～づらい	就心理層面、物理層面、技術層面上，難於從事某事。	「～にくい」前接「非意志」的動詞
		「～づらい」前接「表達意志」的動詞

例句

①短<ruby>みじか</ruby>い単語<ruby>たんご</ruby>のほうが覚<ruby>おぼ</ruby>えやすい。（短一點的語彙，比較好記。）

②長<ruby>なが</ruby>い単語<ruby>たんご</ruby>のほうが覚<ruby>おぼ</ruby>えにくい。（長一點的語彙，比較難記。）

③日本語<ruby>にほんご</ruby>には巻舌音<ruby>まきじたおん</ruby>がないので、日本人<ruby>にほんじん</ruby>にとって巻舌音<ruby>まきじたおん</ruby>は発音<ruby>はつおん</ruby>しづらい。

（因為日文中沒有捲舌音，所以對日本人來說，發捲舌音是困難的。）

④礼儀正<ruby>れいぎただ</ruby>しい彼<ruby>かれ</ruby>が殺人犯<ruby>さつじんはん</ruby>なんて、信<ruby>しん</ruby>じ難<ruby>がた</ruby>いことです。

（簡直無法相信有禮貌的他，竟然是殺人犯。）

5.「～ようになる」與「～てならない」的差異

「～ようになる」與「～てならない」之間，乍看之下是沒什麼關連，但就文法來看，很容易犯錯。像是前面提過的時序變遷用法：「美味しくなる」（變好吃）、「綺麗になる」（變漂亮）、「先生になる」（當老師）之類，應該還熟悉吧！而當要接動詞時，就要用「日本語で書くようになる」（習慣用日文撰寫），而不是使用承上接下的「て」來接，改成「日本語で書いてなる」，這是錯誤的句型。

不過，日文中雖然沒有「～てなる」的用法，但是卻有「～てならない」的用法。「～てならない」視所接續的子句，有「非常」的意思，也有「不能」的意思。

例句

①この店の料理は美味しくてならない。（這家店的菜非常好吃。）

②お腹が空いてならない。（肚子餓得不得了。）

③恋人に会いたくてならない。（非常想見情人。）

6.「～てはならない」與「～てはいけない」的差異

上面提過「～てはならない」視所接續的子句，中文意思有「非常」或「不能」的意思。「～てはならない」當「不能」的意思使用時，容易與「～てはいけない」的用法混淆。「～てはならない」的「不能」，是因為有違法條或法規，覺得不能去做；「～てはいけない」的「不能」，是基於個人主觀認知，而下得不能去做的判斷。請參考下面的例句。

例句

①台湾で車を運転するときは、日本のように左を走ってはならない。

（在台灣開車時，不能像日本一樣靠左邊行走。）

②A：「風邪を引いているのですが、冷たいものを飲んでもいいですか」

（A：「感冒了，可以喝冰冷的東西嗎？」）

B：「いや、風邪を引いているのなら、冷たいものは飲んではいけません」

（B：「不，因為感冒了，不能喝冰冷的東西。」）

③A：「用事が出来たので、今日門限に遅れてもいいですか」

（A：「我臨時有事，所以今天可以晚歸嗎？」）

B：「いけません。寮の決まりなので、門限に遅れてはなりません」

（B：「不可以！因為住宿有明文規定，所以不可以晚歸。」）

（二）相關單字學習

万障お繰り合わせのうえ、ご参加いただきますよう、お願い致します。 （請務必排除萬難，蒞臨參加。）	新年早々御年賀状をいただき、大変恐縮しております。 （新年之初，旋即接獲賀年卡，實在誠惶誠恐。）
ご多忙のところ、大変恐縮でございますが、何卒ご来臨下さいますよう、謹んでご案内申し上げます。 （百忙之中，實在誠惶誠恐，請務必蒞臨參加。）	悪しからずご了承下さいませ。 （敬請見諒為禱。）

ご多忙中のところ恐れ入りますが、ご来臨の栄を賜りますよう、ご案内申し上げます。 （百忙之中，實在誠惶誠恐，請務必蒞臨參加。）	喪中の欠礼のご挨拶を申し上げます。 （因守喪期間，不便致意問候，敬請多加包涵。）
在任中は大変お世話になり、感謝致しております。 （感謝任職當中萬分照顧。）	この度、長い独身生活にピリオドを打ち、結婚致しました。未熟な二人ですが、今後ともよろしくお願い致します。（這次結束長年的單身生活，邁入結婚生活了。思慮不周的我們兩個新人，今後望您多加關照。）
在学中はいろいろとお世話になり、どうもありがとうございました。 （萬分感激在學當中百般照料。）	この度、ソニーの本社に就職致しました。全くの未熟者ですが、今後ともよろしくお願い致します。 （本次順利於新力總公司就職。思慮欠周，今後望您多多牽成。）
せびご一報下さいませ。 （煩請賜予連絡。）	この度、トヨタの本社に就職致しました。また何かとお世話になることも多いかと存じますが、今後ともどうぞよろしくお願い致します。
	（本次順利於豐田總公司就職。今後恐會叨擾之處，敬請賜予指教為禱。）

五、深度日文文法學習

1.「ようだ」、「ような」、「ように」的用法

「ようだ」為比況、傳聞助動詞，視後面接續語彙的詞性不同，衍生出接名詞時的「ような」、當副詞使用或接動詞時的「ように」。請參考下面例句。

①表比況

> **例句**
>
> 彼女はりんごの<u>ような</u>顔をしている。（她有個蘋果般的臉龐。）

②避免完全斷定的委婉說法

> **例句**
>
> 申し訳ございませんが、担当者はただいま席を外している<u>ようです</u>。
>
> （非常抱歉，目前工作負責人不在座位上。）

③表提示

> **例句**
>
> 台湾の、日本の広島風のお好み焼きの<u>ような</u>食べ物は何という名前か。
>
> （像日本廣島燒的台灣食物，叫什麼名字呢？）

④表目的、動作的指標

> **例句**
>
> 早く風邪が治る<u>ように</u>、医者に診てもらった。
>
> （想讓感冒趕快痊癒，而去看了醫生。）

開幕式<ruby>開幕式<rt>かいまくしき</rt></ruby>に遅れないように、早く家を出た。

（想趕得上開幕典禮，提早出門了。）

⑤表內容

例句

しばらくしてから研究室に来るように、林さんに伝えてもらおう。

（幫我傳話給林同學，要他等一下來研究室。）

⑥表祝福、祈願、請託、命令

例句

授業中、私語は慎むように。（上課不准竊竊私語。）

もっと大きな声で発音するように。（再大聲一點發音。）

右に沿ってご移動いただきますよう、お願い致します。

【「に」可以省略。】（麻煩沿著右邊移動前進。）

⑦表傳聞

例句

新聞記事によると、少子化が思ったより速く進んでいるようである。

（根據報紙報導，少子化比想像中進行得還要快速。）

⑧表推論

例句

退学せざるを得ない学生の数が例年より増加した。この結果からは、
教師の我々にも反省すべき点が多いようである。

（退學的學生人數比往年增加。從其結果，我們老師似乎也有許多該反省之處。）

2. 日文敬語表達的深度

　　日文敬語的表達，會因說法不同，敬意程度也跟著不同。例如「読^よむ」，有以下的說法：「お読^よみになる（尊敬語）→読^よむ（動詞原形）→お読^よみする（謙讓語）→お読^よみ致^{いた}す（謙讓語）」。其中，表示謙讓的「お読^よみする」與「お読^よみ致^{いた}す」之中，「お読^よみ致^{いた}す」的謙遜程度又比「お読^よみする」更高。也就是說，「お読^よみ致^{いた}す」的說法比「お読^よみする」的說法更加鄭重。

　　試著用階梯式的方式來說明的話，「お読^よみになる（尊敬語）→読^よむ（動詞原形）→お読^よみする（謙讓語）→お読^よみ致^{いた}す（謙讓語）」之間的差別，會更加清楚、明朗。若把下面階梯式圖表中的數字視為樓層的話，那麼一般動詞「読^よむ」所在的位置是就是一樓，「お読^よみになる」則高居二樓，「お読^よみする」則位在地下室一樓，「お読^よみ致^{いた}す」在地下室二樓。

　　用謙讓語說法，把自己壓低姿態身處於地下室，也算是為了尊重對方。由此可見，日文敬語表達，是可以用往下深化（使用謙讓語，謙虛自己的動作）或往上提升（使用尊敬語，尊敬對方的動作）的深度運用方式，來造就用法的多樣。看看下圖，就能更清楚之間的差異。

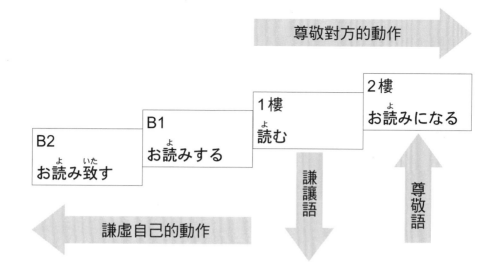

3. 本身就具備敬語功能的語彙的相關表達

★具備敬語功能的語彙

　　日文當中，有某些一般動詞，只要改由別的語彙來表達，就會具備了敬語功能。例如：一般動詞「言(い)う」的尊敬語為「おっしゃる」，謙讓語為「申(もう)す」。

★雙重敬語、三重敬語

　　而上述這些語彙，若又透過「お〜になる」、「お〜なさる」、「お〜下(くだ)さる」等尊敬語，或「お〜する」、「お〜致(いた)す」、「お〜申(もう)し上(あ)げる」等謙讓語加以轉化的話，所顯示出的敬語，就有更多層次了。甚至像漢堡一樣，一層一層堆疊，便形成雙重敬語、三重敬語。將此多層次的敬語表達方式，彙整成下表：

多層次的敬語表達方式

三重謙讓語說法	雙重謙讓語說法	謙讓語說法	一般說法	尊敬語說法	雙重尊敬語說法
			入(はい)る（進入）	上(あ)がる	お上(あ)がりになる お上(あ)がり下(くだ)さる
		いただく	食(た)べる（吃）／飲(の)む（喝）	召(め)し上(あ)がる	お召(め)し上(あ)がりになる お召(め)し上(あ)がり下(くだ)さる
			着(き)る（穿）	召(め)す	お召(め)しになる お召(め)しなさる
		参(まい)る	来(く)る（來）	見(み)える	お見(み)えになる

三重謙讓語 說法	雙重謙讓語 說法	謙讓語 說法	一般 說法	尊敬語 說法	雙重尊敬語 說法
		おる	いる （在）	いらっしゃ る／おられ る	
	申し上げる	申す	言う （說）	おっしゃる	
	存じ上げる	存じる	思う （想）	思し召す	お思し召しに なる
お伺い致す	お伺いする	伺う	聞く （問）		
お願い 申し上げる	お願い致す	お願いする	頼む （拜託）		

⟵ 自我謙虛的動作　　　　　　　尊敬別人的動作 ⟶

　　例如：「上がる」，即為「入る」的敬語。而「お入りになる」（お入り下さる）則為更上一層樓的敬語表達。如圖示，「入る」所在位置若為一樓的話，「上がる」則位居二樓、「お入りになる」（お入り下さる）位居三樓。這種情形可視為雙重敬語的表達。參考下圖標示，印象會更加深刻。

⟵ 雙重敬語表達 ⟶

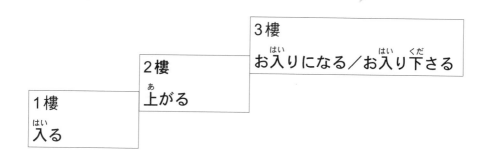

3樓
お入りになる／お入り下さる

2樓
上がる

1樓
入る

另外，再舉一個能形成多層次的敬語表達的一般動詞「頼む」做階梯式的說明。「頼む」位在一樓，而位於其下的有：地下室一樓的「お願いする」、地下室二樓的「お願い致す」、地下室三樓的「お願い申し上げる」。看了下面的圖示，是不是更加清楚，不同層次的敬語之間的差異性了呢？雖然有這麼多說法，但只要視情況，選擇一個最適合當時場合的用法來表達就可以了。

多層次敬語表達

			1樓 頼む
		B1 お願いする	謙讓語
	B2 お願い致す		
B3 お願い申し上げる			

★「敬語」加上「時態」

以上這些語彙，即使加上時態，也不用害怕，冷靜以對就能完善處理。一樣用階梯式的思考模式來說明：

例如一般動詞的「勤めている」（上班）若是位在一樓，將「勤める」改為尊敬語「お勤めになる」（お勤めなさる），再加「ている」的時態，成為「お勤めになっている」（お勤めなさっている），那麼它就是位在二樓。

接著，如果進一步把位在二樓的「お勤めになっている」（お勤めなさっている）當中的「ている」，改為敬語表達方式的「ていらっしゃる」，成為「お勤めになっていらっしゃる」（お勤めなさっていらっしゃる），那麼它就更上一層樓，來到了三樓。這種情形，就是雙重敬語的表達方式。

以上說明，圖示如下，請仔細比對。今後遇到類似的狀況，比照辦理即可。

雙重敬語表達

3樓
お勤めになっていらっしゃる／
お勤めなさっていらっしゃる

2樓
お勤めになっている／
お勤めなさっている

1樓
勤めている

六、深度解析作文範例

（一）「謹賀新年」（恭賀新禧）

述語　　　　　　補語　述語
謹んで新年のお慶び を 申し上げます。

修飾語　　　　　　　　　　　　修飾語
昨年、日本に来たばかりのときは、分からないことだらけでした。

接續助詞　修飾語　　　　　　　　修飾語　　　　　　　　　　　主語
しかし、みなさまのおかげで、日本の生活にもすっかり慣れること が

述語　　　　　　　　　　　　　述語　述語
できました。本当にいろいろとお世話になり、感謝しております。

修飾語　　　　　　　　　修飾語　補語　　　　述語　補語
　初めての日本のお正月ですので、伝統の紅白歌合戦 を 見て、年越し

述語　　修飾語　　　　　　　　　　　　　　　　　　　補語
そば を 食べて、初詣にお参りに行くといった日本の昔ながらのお正月

述語　格助詞　述語　　　　　補語　述語　　　　　修飾語
を 迎えたい と 存じます。それで元気 を つけてもらって、３月の入学

　　　　　　　　　　　　　　述語　　　　　　　　修飾語
試験に向かって猛勉強するつもりです。今度こそ、念願の大学院入学の

補語　述語　　　　　　係助　修飾語
夢 を 叶えたいです。本年 も 変わらぬご指導、ご鞭撻のほど、よろしく

述語

お願い申し上げます。

修飾語　　　　　　　　　　　　　　　　述語

ご家族にとって、ご多幸の一年でありますよう、お祈り致します。

〇〇年　吉日

落合　秀樹

　　恭賀新禧

　　去年剛來到日本時，毫無所知。不過，託大家的福，已經大部分適應了日本的生活。一切多虧關照，在此致上誠摯的謝意。

　　第一次在日本過年，所以想過過日本傳統式的年節：看傳統的紅白歌唱大賽、吃過年蕎麥麵、上日本神社祈福。藉此補充精力認真唸書，以應付三月的入學考試。這回一定要實現多年想上研究所的願望。今年還望您不吝提攜、指教。

　　敬祝

　　全家幸福美滿

〇〇年〇〇月

落合秀樹　敬賀

（二）「寒中見舞い」（寒中問安）

寒中御見舞い を 申し上げます。

〔述語〕

〔主語〕 〔述語〕 〔修飾語〕 〔主語〕 〔述語〕

松の内 も 過ぎましたが、凌ぎにくい寒気 が 募って参りました。いか

〔述語〕 〔主語〕 〔述語〕

がお過ごしでしょうか。私 は 寒さに負けずに元気よく仕事に励んでお

〔述語〕

ります。どうぞ、ご安心下さいませ。

〔主語〕 〔述語〕 〔述語〕

今年は、まだまだ寒さ が 厳しいようです。どうぞ、ご健勝にてお過

ごし下さいませ。

〇年〇月〇日

落合　由治

寒冷季節跟您道安。

　除舊布新迎接新年過後，難耐的徹骨寒氣又逼進。別來無恙嗎？我不
畏寒冬，精神百倍認真工作。敬請安心。

　今年的寒冷越加嚴峻。敬請保重玉體為禱。

〇年〇月〇日

落合由治　敬上

226

（三）「お悔やみ」（悼念致意）

修飾語　　　　　　　　　　　　　　　　　　　　　　修飾語

このたび、お父上様がお亡くなりになられたとのこと、さぞ、お悲し

格助詞　述語　　述語　　補語　　　述語　　　　　　修飾語

みのこと と 存じます。謹んでお悔やみ を 申し上げます。どうか、ご家

述語

族の皆様とお力を合わせ、お気を確かになされますよう、お祈り致して

おります。

〇年〇月〇日

落合　毅樹

驚聞令尊辭世，不禁令人悲從中來。想必您一定哀慟萬分吧！敬請節
哀順變。衷心期盼您家族團結一致，勇敢度過難關。

〇年〇月〇日

落合毅樹　敬上

227

（四）「転勤のお知らせ」（轉換工作通知卡）

拝啓　陽春の候、ますますのご健勝のこと、お喜び申し上げます。

さて、私儀、4月1日付で、台北本店の勤務 を 命じられ、このほど

無事着任致しました。二年間の日本の在任中には、公私ともに、いろい

ろとお世話になり、感謝致しております。

なお、台湾の新住所 は 下記の通りです。台湾にお出でになる際には、

ぜひお立ち寄り下さいませ。

記

住所：251　新北市淡水区英専路151号

電話：+886-2-26215656

〇年〇月〇日

落合　玉樹

春回大地、春暉普照之際，欣聞健康平安。

我個人於四月一日奉公司之命轉任台北總公司，目前已經順利到任。

在日本服務的兩年期間，承蒙您不論公私方面，皆盡力提拔、關照，在此

向您致上萬分的謝意。

　　另外，台灣的新住所地址如下所記。如果您有機會赴台，敬請務必光臨寒舍敘舊。

　　附記

地址：251　新北市淡水區英專路151號

電話：+886-2-26215656

〇年〇月〇日

落合玉樹　敬上

練習題（一）

練習作文「結婚のお知らせ」（結婚通知）

練習題（二）

1. 用爬階梯的方式來思考「言う」的敬語說法，並填滿空格。

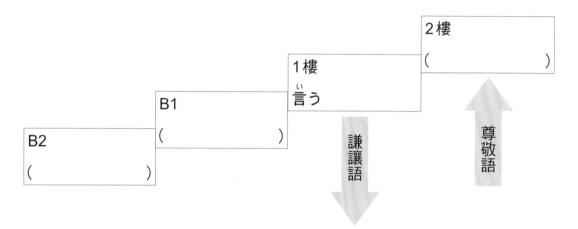

2. 用爬階梯的方式來思考「来る」的敬語說法，並填滿空格。

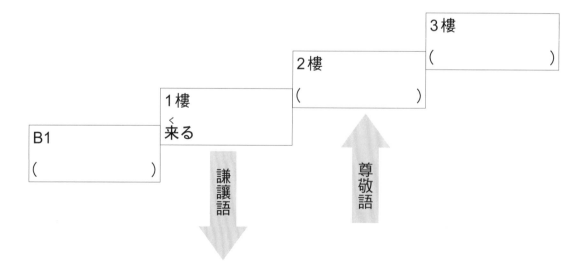

3. 用爬階梯的方式來思考「食^たべる」的敬語說法，並填滿空格。

4. 用爬階梯的方式來思考「勤務^{きん む}している」的多層次的敬語表達方式，並填滿空格。

第10課

メール

一、學習重點

1. 完整句型之表達方式：各式語彙後接否定「ない」

各式語彙＋ 「ない」	例句
①決して （絕不）	彼は決して悪い人ではない。 （他絕不是壞人。）
②必ずしも （未必）	バーゲンは必ずしもお買い徳ではない。 （大拍賣未必可以撿到便宜的東西。）
③あまり （不太）	現在は、ブランド品とはいっても、あまり高級ではない。 （現在，即使美其名是名牌，也不見得是高級貨。）
④なかなか （不容易）	不景気は、なかなか簡単に解決できる問題ではない。 （經濟不景氣，不是容易解決的問題。）
⑤全然 （完全不）	幼稚園の子供は、全然話しを聞いてくれない。 （幼稚園的小朋友，完全不聽話。）
⑥全く （完全不）	今回の契約は、全くお話しにならない。 （這次的合約，完全不像話。）
⑦さっぱり （完全無法）	今回の事件について、犯人の行動はさっぱり理解出来ない。 （有關這次事件，完全無法理解犯人的行為。）

2. 完整句型之表達方式：各式語彙後接即使「～ても」或「～でも」

各式語彙＋「～ても」或「～でも」	例句
①たとえ （即使）	たとえ家族に反対されても、日本へ行きたい。 （即使被家人反對，也想要去日本。）
②どれだけ （無論多麼）	どれだけ苦労しても、子供を立派に育ててみせる。 （無論多麼辛苦，我都要把小孩栽培出色，揚眉吐氣一番。）
③どんなに （無論多麼）	どんなに強い恐竜でも、絶滅してしまった。 （無論多麼強壯的恐龍，都滅絕了。）

3. 完整句型之表達方式：各式語彙後接疑問「か」

各式語彙＋「か」	例句
①何故 （為什麼）	何故、登校拒否をするのか、そのわけを教えて。 （告訴我你為什麼不去學校的原因。）
②どうして （為什麼）	あれほど注意したのに、どうしてまた遅刻したのか、その理由を説明しなさい。 （多次提醒你了，為什麼還遲到呢？說個理由來聽聽。）
③どのように （如何地）	こんなに美味しい料理をどのように作るかを知りたい。 （想知道這麼好吃的菜是如何做的。）
④どのぐらい （怎麼）	どのぐらい苦労して金メダルを手に入れたのか、その過程を後輩に教えるべきだ。 （怎麼辛苦拿到金牌，其過程應該讓學弟妹知道。）
⑤どれほど （多少）	どれほど多くの苦労がこの作品に込められているのかは、他人には簡単に分かるものではない。 （這件作品中包涵了多少心酸，不是第三者能輕易體會的。）

各式語彙＋「か」	例句
⑥いかに （如何）	いかに人間関係（にんげんかんけい）がうまくいくかは、大事（だいじ）なことである。 （如何做好人際關係，是重要的。）
⑦いつ （什麼時候）	配達日（はいたつび）がいつか分（わ）かりますか。 （你知道配送日是什麼時候嗎？）
⑧いくら （多少）	今日（きょう）の株（かぶ）の終（お）わり値（ね）はいくらかを調（しら）べている。 （正在查今天股票的最後收盤價是多少。）
⑨誰（だれ） （誰）	犯人（はんにん）は誰（だれ）かを探（さが）せ。 （找出誰是犯人。）
⑩どれ （哪一個）	正解（せいかい）は次（つぎ）のどれか。20秒以内（にじゅうびょういない）で選（えら）べ。 （下面哪一個是正確答案？請在二十秒內選出。）

4. 完整句型之表達方式：各式語彙後接推量「だろう」或「であろう」

各式語彙＋「だろう」或「であろう」	例句
①多分（たぶん） （大概）	不勉強（ふべんきょう）な彼（かれ）のことだから、多分（たぶん）また浪人（ろうにん）するであろう。 （不唸書的他，大概又要重考大學了吧！）
②さぞ （想必）	子供（こども）が今日（きょう）巣立（すだ）つので、親（おや）はさぞ悲（かな）しいであろう。 （因為小孩今天離家自立生活，父母親想必有點哀傷吧！）
③さぞかし （想必）	名人（めいじん）の作（つく）った料理（りょうり）というから、さぞかし美味（おい）しいだろう。 （因為是名人所做的菜，想必很美味吧！）
④きっと （一定）	チームが心（こころ）を一（ひと）つにして頑張（がんば）ったから、きっと優勝（ゆうしょう）するだろう。 （隊員同心協力一起努力，一定會冠軍吧！）

5. 完整句型之表達方式：各式語彙後接比況「ようだ」或「ようである」

各式語彙＋ 「ようだ」或 「ようである」	例句
①まるで （簡直）	彼は、まるでこの業界の第一人者のようである。 （他簡直就像這業界的大老似的。）
②まさに （如同）	まさに科学者が予想したように、地球の温暖化が進んでいる。 （如同科學家所預料的，地球逐漸暖化。）
③まさしく （簡直）	今年のワールドカップは、まさしく予測不能のカードのようである。 （今年的世界足球錦標賽，簡直無法預測哪一隊會對上哪一隊。）

6. 完整句型之表達方式：各式語彙後接否定推量「ないだろう」或「ないであろう」

各式語彙＋ 「ないだろう」或 「ないであろう」	例句
①まさか （該不會）	彼はまさか宇宙人ではないだろう。 （他該不會是外星人吧！）
②いくらなんでも （無論如何）	貧しいからといって、いくらなんでも自分の子供を殺しはしないだろう。 （再怎麼貧窮，父母親也不會殺死自己的小孩吧！）

7. 完整句型之表達方式：各式語彙後接樣態「そうだ」或推論「らしい」

語彙＋「そうだ」或「らしい」	例句
①いかにも （看起來）	名人が作った料理はいかにも美味しそうだ。 （名人燒的菜，看起來很好吃似的。） 彼はいかにも学者らしい発言をした。 （他的發言，不愧是出身學者。）
②一見 （乍看之下）	一見、真面目そうな学者ではあるが、冗談好きでもある。 （乍看之下，像是個嚴謹的學者，其實喜歡搞笑。）

8. 完整句型之表達方式：各式語彙後接或許「かも知れない」

各式語彙＋「かも知れない」	例句
①もしかして （或許）	もしかしてこの薬は癌に効くかも知れない。 （或許這個藥可以治療癌症吧！）
②ひょっとして （也許）	ひょっとしてこの二人は恋人同士かも知れない。 （也許這兩個人是男女朋友吧！）
③ひょっとしたら （也許）	ひょっとしたら犯人はこの子の親かも知れない。 （也許犯人是這個孩子的親生父母親吧！）

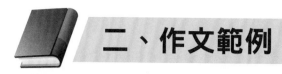

二、作文範例

（一）「宿泊のご予約について」

件名：宿泊のご予約について

受信先：halcyon618@hotmail.com

差出人：ochiai@mail.tku.edu.tw

日付：2012年7月22日 午前 10:32:53

担当者様

　はじめまして、曾秋桂と申します。

　御社のホームページで、3日間限定「夏休みには家族旅行」という、夏の特別奉仕キャンペーンの案内を拝見しました。宿泊のご予約がまだ出来るかどうかを伺いたく、ご連絡致します。

　好きなバスケットで筋肉を傷めてしまった長男の温泉治療と、その彼の誕生日祝いを兼ねて、今週末（28日）、海が見える食事付リゾート・タイプ4人部屋が取れればと、考えています。どうぞ、よろしくお願い致します。

　もし、予約が可能でしたら、水着などを用意しておいた方がよいでしょうか、合わせてお教えいただければ、ありがたく存じます。

　子供達の期待に背かないで済むことを祈りつつ、お返事、お待ちしております。

　取り急ぎ、ご連絡まで。

曾　秋桂

（二）「ご予約の件について」

件名：RE:ご予約の件について

受信先：ochiai@mail.tku.edu.tw

差出人：halcyon618@hotmail.com

日付：2012年7月22日 午後 12:32:53

曾　秋桂　様

　この度は本会館へのお問合せ、誠にありがとうございます。ご連絡が遅れてしまい、大変申し訳ございません。

　ご予約の件でございますが、お客様のご予約が殺到致し、空き部屋のご予約が難しい状況にございました。しかし、先ほどキャンセルのお客様が出て、曾様ご希望の海が見えるリゾート・タイプ4人部屋をご用意させていただきました。

　7月28日から1泊2日で海が見える食事付リゾート・タイプ4人部屋のご予約、確かに承りました。当日の3時以降、お部屋のチェックインを承ります。

　なお、お問い合わせの水着の件ですが、本会館ではお客様がのんびりと良質の温泉をお楽しみいただけますよう、大浴場は男性用と女性用の二つに分け、水着なしでご利用いただくようになっております。どうぞ、お気軽にお越し下さいませ。

　本会館をご利用いただきまして、誠にありがとうございます。ご家族の皆様お揃いでのご来館を心よりお待ちしております。

　お返事方々ご案内申し上げます。

予約担当係

木村まゆみ

三、範例解析

（一）作文結構說明

「宿泊のご予約について」

第一段落　自我介紹

第二段落　說明順利訂房成功的來龍去脈

第三段落　說明為何想訂房以及所需的房型

第四段落　詢問泡湯的相關規定

第五段落　表達非常期盼能順利度假

第六段落　書信文的簡單結尾

「ご予約の件について」

第一段落　致謝並致歉

第二段落　得知促銷活動訊息，想詢問是否有空房

第三段落　明白表示已經接受訂房並告知入住時間

第四段落　回覆飯店泡湯的相關設備以及規定

第五段落　表達非常歡迎之意

第六段落　書信文的簡單結尾

（二）單字、片語（子句）學習

宿泊（しゅくはく）（飯店住房）	取（と）り急（いそ）ぎ、ご連絡（れんらく）まで（謹此連絡）
特別奉仕（とくべつほうし）（特惠價格）	チェックインを 承（うけたまわ）ります（接受開始辦理住房手續）
キャンペーン（促銷活動）	お問（と）い合（あ）わせの水着（みずぎ）の件（けん）ですが（有關您所詢問的泳衣方面的事……）
温泉治療（おんせんちりょう）（泡湯療傷）	良質（りょうしつ）の温泉（おんせん）をお楽（たの）しみいただけます（能享受優質的溫泉）
食事付（しょくじつき）（附有餐點）	水着（みずぎ）なしでご利用（りよう）いただくようになっております（不穿泳衣的泡湯方式）
リゾート・タイプ（渡假形式）	どうぞ、気軽（きがる）にお越（こ）し下（くだ）さいませ（敬請以輕鬆的心情蒞臨）
4人部屋（よにんべや）（四人房）	お返事（へんじ）方々（かたがた）ご案内（あんない）申（もう）し上（あ）げます（謹此回覆以及告知相關資訊）
期待（きたい）に背（そむ）く（期待落空）	心（こころ）よりお待（ま）ちしております（滿懷誠心歡迎）

（三）文法說明

1.「ばかりに」的用法

「ばかりに」表示原因、理由。

例句

好（す）きな読書（どくしょ）をしたばかりに、かえって目（め）を痛（いた）めてしまった。

（正因為喜歡看書，反而視力變差。）

2.「〜中」的用法

「〜中」，名詞之後加的「中」，如果唸音為「ちゅう」的話，意思為「正當〜之中」。

例句

お休み中、大変失礼とは存じますが、食事はいかがでしょう。

（不好意思打擾到休息中的您，請問要不要用餐呢？）

3.「〜かどうか」的用法

「〜かどうか」之前接動詞的終止形（簡稱第三變化），意思為「是否〜」。可以視後面接的子句性質，適當加入「を」或「は」等，讓句子更加完整。

例句

①結婚式に参加するかどうか、まだ決めていない。

（還沒決定要不要參加婚禮。）

②外見はともかく、実力があるかどうかは、新入社員の大事な問題である。（外表是其次，有沒有實力，才是新進人員最重要的問題。）

③就職するかどうかは、四年生にとって大事なことである。

（要不要就業，對大學四年級的學生而言，是重要的事。）

4.「〜ておく」的用法

「〜ておく」前面接續動詞連用形（簡稱第二變化），意思為「事先〜」。

例句

もうすぐお客様がお見えになりますから、お茶を入れ<u>ておいて</u>下さい。

（客人即將要到了，請先泡茶準備。）

5.「〜ものだ」的用法

「〜ものだ」之前須接連體形，表示希望。

例句

レストランの休み返上というのは、お客にはありがたい<u>ものですね</u>。

（餐廳假日也不休息，對客人來說真是令人感激的一件事啊！）

四、觸類旁通

（一）加強文法概念

1. 漢字同為「中」的「ちゅう」、「じゅう」之差異

　　名詞之後加的「中」，可以唸為「ちゅう」、「じゅう」兩種唸音。如果唸為「ちゅう」，表示「在～當中」，而唸為「じゅう」，表示「一整個～當中」。意思相差甚遠，請留意。看看下面的例句，就能明白之間的不同。

例句

①一日中、ずっと寝ていた。【唸音為じゅう】（一整天，都在睡覺。）

②授業中、先生に名前を呼ばれて、驚いた。【唸音為ちゅう】

　（上課中，突然被老師叫名字，嚇了一跳。）

2.「～ておく」的用法

　　「～ておく」，除了有「事先」之意，還有「維持原狀態」之意。

例句

①うどんの玉は十分に寝かせておかないと、美味しいうどんは作れない。

　（烏龍麵的麵糰，如果不事先充分醒麵的話，做不出好吃的烏龍麵。）

　【此時的「～ておく」為「事先」之意。】

②冷房をつけるから、ドアを閉めておいて下さい。

　（因為要開冷氣，請先把門關起來。）

　【此時的「～ておく」為「事先」之意。】

③暑いから、ドアは開けておいて下さい。

（因為天氣熱，門開開的就好。）

【此時的「～ておく」為「維持原狀態」之意。】

3.「ものだ」與「ことだ」的差異

「ものだ」與「ことだ」兩者皆為形式名詞，接在連體形之後，表示感嘆。「ものだ」是以社會慣例、過去經驗、自然傾向為背景而抒發的感嘆；而「ことだ」則是著眼於現在的時間點的事物，抒發出個人的感嘆。

例句

①身体障害者用駐車場の無断使用は、してはいけないことである。

（不可以擅自使用身障者的停車位。）

【因眼前所見而抒發的個人感想。】

②迷ったときの親や友人のアドバイスには、耳を傾けるものである。

（迷惘時，應該多多聽父母親或朋友的建言。）

【依據過去的經驗談而抒發的論點。】

③赤ちゃんというのは、世話の焼けるものだ。（小嬰兒需要細心照顧。）

【一般的社會認知、常識。】

④うちの主人ときたら、世話の焼けることだ。

（提到我老公，什麼都不會，什麼都費心照顧他。）

【個人身歷其境抒發的感想。】

（二）相關單字學習

じゅしんばこ 受信箱（收信匣）	こじん 個人フォルダ（個人檔案匣）
そうしんばこ 送信箱（寄件匣）	きどく 既読メール（已讀信件）
ばこ ゴミ箱（垃圾信件匣）	めいわく 迷惑メール（垃圾信件）
じゅしん 受信（收信）	みどく 未読メール（未讀信件）
そうしん 送信（寄信）	メルアド、メアド（「メールアドレス」 的簡稱，電子郵件信箱）
へんしん 返信（回信）	ちょう アドレス帳（電子郵件通訊錄）
てんそう 転送（轉寄）	うわが 上書き（貼上）
ちゃくしんつうち 着信通知（開啟信件的回覆通知）	ふくしゃ 複写／コピー（複製）
ついか 追加（追加）	さくじょ 削除（刪除）
てんぷ 添付ファイル（附加檔案）	ホームページ（網頁）

五、深度日文文法學習

1.「～ばかり」的相關用法

「～ばかり」有許多的用法，整理如下：

①接續數量詞之後，中文意思為「大約、左右」，與數量詞之後的「ほど」、「ぐらい」用法相同。

例句

5人ばかり欠席した。（約五個人缺席。）

②接續名詞或動詞連體形（簡稱第四變化）之後，表「限定」，中文意思為「光是、淨是」。

例句

健康のためには、肉ばかり食べるのはよくない。

（為了健康，光吃肉是不好的。）

どら息子は、食べるばかりで何もしない。

（沒有出息的兒子，光只會吃，什麼都不做。）

③接續動詞連體形（簡稱第四變化）之後，表唯一「可行」，中文意思為「僅能」。

例句

今はただ、故人のご冥福をお祈りするばかりです。

（現在唯一能做的，就是幫先人祈求冥福。）

④接續終止形（簡稱第三變化）之後，表「原因」，中文意思為「只因為」。

例句

体が大きいばかりに、力があると思われて、困るときがある。

（只因為身體壯碩，就被公認有體力，有時會讓我困擾。）

⑤接續動詞連用形之後加過去式的「た」，中文意思為「剛剛」。

例句

電話を切ったばかりなのに、また掛かって来て、本当に忙しい。

（剛剛掛完電話，電話又打進來，真是忙碌。）

⑥接續動詞未然形之後加否定「ん」或「ぬ」（相當於「ない」），中文意思為「（雖然還沒～）快要～」。會視後面接續的詞性而改變成「ばかりの」（後接名詞），或「ばかりに」（後接動詞，充當副詞使用）。這是高級日文以及日語能力測驗N1常出現的用法，請多加留意。

例句

彼は「出て行け」と言わんばかりに、私を見ている。【後接動詞】

（他用一副差點說出「給我滾」的表情看著我。）

若者は、溢れんばかりの情熱を持っている。【後接名詞】

（年輕人擁有滿腔的熱血。）

2. 形式名詞「もの」

「もの」可簡單分為具體的東西以及抽象的東西，但這樣的說明是不夠清楚的。這也是高級日文以及日語能力測驗N1常出現的用法，請多加留意。依用法以及內容，簡單整理如下：

①表具體的東西

例句

鰻の蒲焼きは、夏の土用の日に日本人がよく食べるものである。

（蒲燒鰻魚是於大暑日當天日本人常吃的食物。）

②表希望

例句

大学時代には一度思い切って恋に落ちたいものである。

（大學時代想轟轟烈烈地談一次戀愛。）

③表回想

例句

この店には、子供の頃母に連れられて、よく食べに来たものである。

（孩提時，媽媽常帶我來這家店用餐。）

④表理所當然

例句

人間はいずれ死ぬものである。（人早晚都是會死的。）

⑤表傾向

例句

誰でも年を取れば、体力が段々落ちるものである。

（任誰都一樣，年紀大了，體力就會漸漸變得衰退。）

⑥表原因

例句

用事が出来たもので、お先に失礼します。（因為臨時有事，容我先告辭了。）

⑦表感嘆（含批判、感動之類）

例句

親に向かって、よくそんなことが言えるもの（もん）だ。

（當著父母親的面前，斗膽敢說出這樣的話。）

【也可以將「もの」改成「もん」】

月日の経つのは早いものである。（光陰似箭，歲月如梭。／歲月不饒人。）

⑧表推斷

例句

今回の地震の規模から考えると、今後も大きな地震が発生するものと思われる。（從這一次的地震規模來看，可以推斷不久會發生大地震。）

⑨下接否定句、疑問，表強烈的否定之意。

例句

あんなに高くてまずい店には、二度と行くものか。

（不會再去那種又貴又難吃的店了。）

あんなにまずい料理に高い金を払うものではない。

（這麼難吃的料理不值得付那麼多錢。）

六、深度解析作文範例

（一）「宿泊のご予約について」（預約住宿相關事宜）

受信先（じゅしんさき）：halcyon618@hotmail.com
差出人（さしだしにん）：ochiai@mail.tku.edu.tw
日付（ひづけ）：2012年7月22日（ねんがつにち）　午前（ごぜん）10:32:53

担当者様（たんとうしゃさま）

はじめまして、曾秋桂（そしゅうけい）　|と|　申（もう）します。　　【述語】

|修飾語|
御社（おんしゃ）のホームページで、３日間限定（みっかかんげんてい）「夏休（なつやす）みには家族旅行（かぞくりょこう）」という、

　　　　　　　　　　　　　　　　　　|補語|　　|述語|
夏（なつ）の特別奉仕（とくべつほうし）キャンペーンの案内（あんない）|を|拝見（はいけん）しました。宿泊（しゅくはく）のご予約（よやく）がま

|補語|　　　　　|述語|　　　　|述語|
だ出来（でき）るかどうか|を|伺（うかが）いたく、ご連絡致（れんらくいた）します。

|修飾語|　　　　　　　　　　　　　　　　　　　　　　　　　　　　　　|修飾語|
好（す）きなバスケットで筋肉（きんにく）を傷（いた）めてしまった長男（ちょうなん）の温泉治療（おんせんちりょう）|と|、その

　　　　　　　　　　　　　　|述語|　　　　　　　　　　　　　　　　|修飾語|
彼（かれ）の誕生日祝（たんじょうびいわ）い|を|兼（か）ねて、今週末（こんしゅうまつ）（２８日（にじゅうはちにち））、海（うみ）が見（み）える食事付（しょくじつ）リ

　　　　　　　　　　　　　|主語|　|述語|　　　|述語|
ゾート・タイプ4人部屋（よにんべや）|が|取（と）れれば|と|、考（かんが）えています。どうぞ、よろ

しくお願い致します。もし、予約 が 可能でしたら、水着などを用意

述語　　　　　　　　　　　主語　述語　　　　　修飾語

主語　　　述語　　　　　　　　　　　述語

しておいた方 が よいでしょうか、合わせてお教えいただければ、あり

述語

がたく存じます。

修飾語　　　　　　　　　　　　　　　補語　述語　　　　　　　述語

子供達の期待に背かないで済むこと を 祈りつつ、お返事、お待ちし

ております。

述語

取り急ぎ、ご連絡まで。

曾　秋桂

収件人：halcyon618@hotmail.com

寄件人：ochiai@mail.tku.edu.tw

時間：2012年7月22日　上午10:32:53

敬啟者：

　　初次見面，我叫做曾秋桂。

　　從貴公司的網頁得知限定三天的「暑假家族旅遊」的夏季特惠促銷活動的介紹。特書此函，想詢問是否還能預約訂房。

　　為了讓喜歡打籃球而肌肉受傷的長子泡湯療傷以及慶祝他的生日，希望能預訂本週末二十八日的附有餐點的面海渡假型四人房。煩請處理。如果能順利預約，也想請教需要事先自備泳衣等嗎？

期待能接獲您傳來的好消息，不要讓小孩們失望。

謹此去函連絡。

曾秋桂　敬上

（二）「ご予約の件について」（預約相關事宜）

件名：RE:ご予約の件について
受信先：ochiai@mail.tku.edu.tw
差出人：halcyon618@hotmail.com
日付：2012年7月22日　午後12:32:53

曾　秋桂　様

述語 主語
この度は本会館へのお問合せ、誠にありがとうございます。ご連絡

述語 述語
が遅れてしまい、大変申し訳ございません。

述語 修飾語
ご予約の件でございますが、お客様のご予約が殺到致し、空き部屋

述語 修飾語
のご予約が難しい状況にございました。しかし、先ほどキャンセルの

主語 述語 修飾語 補語
お客様が出て、曾様ご希望の海が見えるリゾート・タイプ4人部屋を

述語
ご用意させていただきました。

修飾語
7月２８日から１泊２日で海が見える食事付リゾート・タイプ4人部
（しちがつにじゅうはちにち）（いっぱくふつか）（うみ）（み）（しょくじつき）（よにんべ）

　　　　　　　　述語　　　　　　　　　　　　　　　修飾語　補語
屋のご予約、確かに承りました。当日の３時以降、お部屋のチェック
（や）（よやく）（たし）（うけたまわ）（とうじつ）（さんじ）（いこう）（へや）

　　　述語
インを承ります。
（うけたまわ）

　　　修飾語　　　　　　　　　　述語　　　　　　　主語
なお、お問い合わせの水着の件ですが、本会館ではお客様がのんび
　　（と）（あ）（みずぎ）（けん）（ほんかいかん）（きゃくさま）

修飾語　補語　　　述語　　　　　　　　　　　主語　　　修飾語
りと良質の温泉をお楽しみいただけますよう、大浴場は男性用と女
（りょうしつ）（おんせん）（たの）（だいよくじょう）（だんせいよう）（じょ）

　　　　　　　　　　　　　　　　　　　　　述語
性用の二つに分け、水着なしでご利用いただくようになっております。
（せいよう）（ふた）（わ）（みずぎ）（りよう）

　　　　　述語
どうぞ、お気軽にお越し下さいませ。
（きがる）（こ）（くだ）

　　　述語　　　　　　　　　　述語　　　　　　修飾語
本会館をご利用いただきまして、誠にありがとうございます。ご家族
（ほんかいかん）（りよう）（まこと）（かぞく）

　　　補語　　　　述語
の皆様お揃いでのご来館を心よりお待ちしております。
（みなさま）（そろ）（らいかん）（こころ）（ま）

　　述語
お返事方々ご案内申し上げます。
（へんじ）（かたがた）（あんないもう）（あ）

予約担当者
（よやくたんとうしゃ）
木村まゆみ
（きむら）

主旨：回覆預約相關事宜

收件人：ochiai@mail.tku.edu.tw

寄件人：halcyon618@hotmail.com

時間：2012年7月22日　下午12:32:53

曾秋桂小姐

　　感激您來函詢問。回覆您的來信稍有耽擱，在此致上萬分的歉意。

　　關於預約一事，由於預約訂房的客人很多，造成一房難求的窘境。但是，碰巧有客人取消預約，剛好是曾小姐所希望的面海渡假型的四人房，慶幸能滿足您的所需。

　　再次與您確認訂房，您預訂了一間二十八日兩天一夜面海附有餐點渡假型的四人房。當天三點以後，就可以入住。

　　而有關您詢問泳衣一事，本飯店希望客人都能悠閒地享受優質的溫泉，特意安排不著泳衣的男、女分開使用的大浴池。敬請以輕鬆的心情前來。

　　再次謝謝您的訂房。竭誠歡迎您全家大駕光臨。

　　謹此回覆並通知相關使用資訊。

預約負責人

木村　步敬上

練習題（一）

練習作文「メールで注文したいスマートフォンについて問い合わる」（用電子郵件詢問想訂購的智慧型手機）

練習題（二）

1. 請填入適當詞句，讓句型的意思更加完整。

①同じことを何回言ったら気が済む（　　　　　）、教えてほしい。

②あの萌え系のアイドルが結婚している（　　　　　）分からない。

③あのイケメンの男の子は、決してプレイボーイ（　　　　）。

④一人でするゲームは、必ずしも面白いもの（　　　　）。

⑤どれだけ頑張って（　　　　）、一位にはなれないよ。

⑥たとえ目を向けてくれ（　　　　）、側で彼女を見守り続けたい。

⑦多分このぐらいのことは誰でも知っている（　　　　）。

⑧高級車が必ずしも運転しやすいとは、限ら（　　　　）。

⑨どれほど健康に注意して（　　　　）、暴飲暴食していたら意味がない。

⑩話しを全然聞いてくれ（　　　　）から、困る。

⑪猫を被った香さんは、結婚した途端、まるで天使から悪魔に変わった（　　　　）である。

⑫一見、女性の（　　　　）だが、実は男性である。

⑬どのようにすれば、事件がうまく解決する（　　　　）、教えて下さい。

⑭この店にある鞄はいかにも（　　　　）に見える。

⑮まさか、敵が夜中に攻めてくる事は（　　　　　）。

2. 請填上下面句型中出現的「中」的唸音。

①この店は、年中無休である。

②ご多忙中、恐れ入りますが、……。

③お忙しい中よくお越しいただき、誠にありがとうございます。

④暑中御見舞い申し上げます。

⑤お父さんは休憩中だから、静かにしていなさい。

⑥仕事中の私語は、絶対に禁止だ。

⑦会議中のため、関係者以外の立ち入りはご遠慮いただきます。

⑧お話し中、失礼とは存じますが、急用のお客様がお見えです。

⑨運転中、余所見をしてはいけない。

⑩一日中、何も食べていない。

⑪薬物アレルギーを起こしていて、体中が痒い。

⑫審査中の人事案のため、外部からの口添えは許されない。

⑬勉強中のお兄さんを邪魔しては駄目だよ。

⑭病気になったので、禁煙中である。

⑮バーゲン中の売り上げは、普段の二、三倍になる。

⑯家中、変な匂いがしている。何か腐っているのかしら。

⑰散歩中、野良犬を一匹拾ってしまった。

⑱在学中、大変お世話になりました。

⑲交渉中なので、口を下手に出さない方がいい。

⑳大人数が密室に集まったので、空気中の酸素が少なくなってきた。

練習題解答

 第1課

練習題（一）

請標上下列成語的唸音：

① <ruby>千<rt>せんりょ</rt></ruby>慮の一失 （せんりょ いっしつ）

② 一点張り （いってん ば）

③ 一枚看板 （いちまいかんばん）

④ 心機一転 （しん き いってん）

⑤ 十把一絡げ （じっ ぱ ひとから）

⑥ 口も八丁手も八丁 （くち はっちょうて はっちょう）

⑦ 十人十色 （じゅうにん と いろ）

⑧ 八方美人 （はっぽう び じん）

⑨ 一か八か （いち ばち）

⑩ 四苦八苦 （し く はっ く）

練習題（二）

請標上下面單字語彙的唸音並造句：

① せいぎ→スーパーマンは<u>正義</u>の<u>味方</u>です。（せい ぎ／み かた）

　　２０１２年イギリスでは女王在位６０周年の<u>盛儀</u>がにぎやかに行われました。（にせんじゅうにねん／じょおうざい い ろくじゅっしゅうねん／せい ぎ／おこな）

② さよう→薬品が紙に<u>作用</u>して、白くなりました。（やくひん かみ さ よう／しろ）

　　「<u>左様</u>な仕儀に相成りました」（古文）（さ よう し ぎ あい な／こ ぶん）

③ せいさい→精彩あるショーです。

不正に対する制裁を行うべきです。

この絵には生彩があります。

金持ちの人は正妻以外の女性と交際する傾向があります。

④ はっぽう→アラブではデモ隊に軍が発砲しています。

八方塞がりの状態です。

発泡酒の一種にシャンパンがあります。

練習題（三）

請將下面同一漢字的不同唸音標示出來：

① 強引　強力　強火

② 弱年　弱虫　弱火

③ 決定　決行　決断　決して

④ 着る　下着　上着　薄着　到着

⑤ 上　上座　上り坂　値上がり　値上げ　上品

⑥ 下　下座　下り坂　値下がり　値下げ　下品

⑦ 発病　発展　発電　発作

⑧ 境　境界　境地　境内

⑨ 執拗　執筆　執刀

⑩ 会津　会計　会食

練習題（四）

請將下面的複合名詞的唸音標示出來：

① 腕時計（うでどけい）
② 会計係り（かいけいがかり）
③ 首切り（くびきり）
④ 雪景色（ゆきげしき）
⑤ 株式会社（かぶしきがいしゃ）
⑥ 春風（はるかぜ）
⑦ 一人暮らし（ひとりぐらし）
⑧ 夕暮れ（ゆうぐれ）
⑨ 大騒ぎ（おおさわぎ）
⑩ 鼻詰まり（はなづまり）

練習題（五）

區別類義語「はず」與「べき」間的差別，並造句。

　　雖然「はず」、「べき」中文都翻譯成「應該」，但「はず」用於對事情的推測，而「べき」則為法理、道義上必須如此而為。

例文（れいぶん）

① こんなに暑い（あつい）夏（なつ）なら、きっとかき氷（ごおり）や冷（つめ）たい飲（の）み物（もの）がよく売（う）れる<u>はず</u>です。

② いくら権力（けんりょく）があるからと言（い）って、政治家（せいじか）は賄賂（わいろ）を要求（ようきゅう）したり、違法行為（いほうこうい）を繰（く）り返（かえ）したりする<u>べき</u>ではないです。

第2課

練習題（一）

請練習將主語和述語前面加上修飾語：

① A.（田舎生まれ田舎育ちの）私は、（大学三年の）学生です。

（鄉下出生、鄉下長大的我，現在是大學三年級的學生。）

B.（遠くから来た田舎生まれ田舎育ちの）私は、（よく最低気温の記録を残す北部にある大学の三年生の）学生です。

（來自遠方、鄉下出生、鄉下長大的我，現在是常常創下最低溫紀錄的北部某大學三年級的學生。）

② A.（夏に暑く、冬に寒い盆地の）台北は、（米が三回取れる台湾の）首都です。

（夏熱冬冷盆地地形的台北，是一年收獲三次稻米的台灣的首都。）

B.（観光地として世界的に大変有名な）台北は、（東アジアの中枢に位置する台湾の）首都です。

（以觀光勝地在世界上非常有名的台北，是位處東亞中樞位置的台灣的首都。）

練習題（二）

請找出下面A句與B句中的主語、補語、述語。如果各自有修飾語，也請一併
找出。

A.

1. 主語：観光客

2. 主語的修飾語：世界各地から訪れる

3. 補語：風景

4. 補語的修飾語：海に囲まれた台湾の四季折々の豊かな

5.「台湾」的修飾語：海に囲まれた

6. 述語：楽しみにしています

B.

1. 主語：観光客

2. 主語的修飾語：海鮮料理を食べるために、海に囲まれて海産物がよく取れ
る台湾にやって来る

3. 述語：増えています

4.「台湾」的修飾語：海に囲まれて海産物がよく取れる

第3課

練習題（一）

請將以下不同詞性的單字語彙，用客觀、中立的「である・る」體來表示。

不同詞性的單字	現 在 式			過 去 式		
	肯定句	否定句	推量句	肯定句	否定句	推量句
学生（がくせい）	学生（がくせい）である	学生（がくせい）ではない	学生（がくせい）であろう	学生（がくせい）であった	学生（がくせい）ではなかった	学生（がくせい）であっただろう
上手（じょうず）	上手（じょうず）である	上手（じょうず）ではない	上手（じょうず）であろう	上手（じょうず）であった	上手（じょうず）ではなかった	上手（じょうず）であっただろう
面白（おもしろ）い	面白（おもしろ）い	面白（おもしろ）くない	面白（おもしろ）いであろう	面白（おもしろ）かった	面白（おもしろ）くなかった	面白（おもしろ）かったであろう
出席（しゅっせき）する	出席（しゅっせき）する	出席（しゅっせき）しない	出席（しゅっせき）するであろう	出席（しゅっせき）した	出席（しゅっせき）しなかった	出席（しゅっせき）したであろう

練習題（二）

將下列「です・ます」體改寫成「である・る」體。

「です・ます」體	「である・る」體
優秀（ゆうしゅう）です	優秀（ゆうしゅう）である
高齢化（こうれいか）の現象（げんしょう）ではありませんか	高齢化（こうれいか）の現象（げんしょう）ではないか
珍（めずら）しいでしょう	珍（めずら）しいであろう
練習（れんしゅう）します	練習（れんしゅう）する

直（なお）してみましょう	直（なお）してみよう
飲（の）みましょう	飲（の）もう
説明（せつめい）して下（くだ）さい	説明（せつめい）してほしい
お返事（へんじ）をくだされば、幸（さいわ）いです	返事（へんじ）をくれれば、幸（さいわ）いである
お電話（でんわ）をお待（ま）ちしております	電話（でんわ）を待（ま）っている

練習題（三）、

題目「自我介紹」。

　　　　　　　　　　　　　　　　　　　　三年生　　洪　嫚吟

　1990年の冬、台湾中部にある台中に一人の赤ちゃんが生まれた。その赤ちゃんは生まれたばかりだが、看護士の手から三回も落ちた。その赤ちゃんこそが私、洪嫚吟である。

　それでも、無事に成長してきた私は、高校までずっと今新幹線が通っている烏日という田舎に住んでいた。今は家族と離れて、台北の大学の近くに家を借りて住んでいる。六人家族で、両親と姉が三人いる。両親はもう定年退職したが、自分の店を経営しながら安定した暮らしをしている。一番目と二番目の姉は会社員だが、三番目の姉はまだ学生で、大学院で日本語を勉強している。このように、暖かい努力家の家庭に恵まれた私は、幸せだと、毎日つくづく思っている。

　一見気難しそうな私は、実は人とすぐ友達になる質である。だが、何かある度に、負けず嫌いの性格が出てしまう。子供時代から音楽が好きで、嬉しい時にも、負けて悲しい時にも、一人でトランペットを吹いて、ボリュームをあげて音楽を聴き、その優美な音楽世界に浸り、陶酔

する。時々、自分の鬱陶しい気持ちを発散するため、歌詞を作ったりも
する。それで、心の落ち着きを取り戻す事が出来るのだ。本当の事を言
うと、音楽こそが、私の一番のよい友達なのである。

　それ以外に、日本に関することも好きである。音楽、ドラマだけでは
なく、歴史や建物などにも大変興味を持っている。大学を卒業したら、
日本へ留学に行くつもりでいる。日本留学の夢を叶わせるために、今し
か出来ない大事な日本語の勉強を一生懸命にしている。いつか必ず、自
分の足で日本の土地をしっかり踏みたい。

　第一段落談自己，第二段落提到自己的家人，第三段落說到自己的個性、
興趣、自己最好的朋友。第四段落說出自己未來的夢想。各段主題分明，誠屬
可貴。

第4課

練習題（一）.

練習作文「私（わたし）の故郷（ふるさと）」（我的故鄉）

（略）

練習題（二）.

下面的單字請標示唸音：

① 発揮（はっき）　発端（ほったん）　発起人（ほっきにん）　発（た）つ　十時発（じゅうじはつ）　出発（しゅっぱつ）

② 言葉（ことば）　一言（ひとこと）　言語（げんご）　言語道断（ごんごどうだん）

③ 事柄 他人事 悩み事 事務的

④ 実業家 実際 実る 実りの多い

⑤ 仮定 仮名 仮処分

⑥ 借り家 借り手 借金

⑦ 黄金 金銭 金色（金色） 金持ち

⑧ 酒 居酒屋 酒屋 日本酒 酒気

⑨ 風邪 風 風車（風車） 風船 風力

⑩ 手本 小切手 手腕 手の平

⑪ 足 足す 足りる 不足 補足 蛇足

⑫ 歩く 歩む 歩道 一歩

⑬ 出す 出る 出入り 出方 日の出 脱出 出発

⑭ 軽い 気軽に 剽軽 軽食 軽自動車

⑮ 長い 長生き 長寿 長距離バス 長距離電話 一長一短

第5課

練習題（一）.

練習作文「私のプロフィール」（我的經歷）

（略）

練習題（二）.

下面的單字請標示唸音：

① 様子 様々 貴様 何名様 お客様

② 命　本命　命名　たけるの命　命じる　存命中

③ 学ぶ　学力　学科　学科長

④ お国　愛国者　国家安全　国境　中国

⑤ 机の中　中間　一日中　在学中　日中会談

⑥ 増加　増兵　増える　増やす　増す　日増しに

⑦ 読む　読み方　読書　読解　読売新聞

⑧ 触れる　触る　前触れ　感触　接触

⑨ 血筋　血塗れ　血行　吐血　血液型　輸血

⑩ 接続　接続詞　接触　接待　接客　接骨院

⑪ 目　目線　目薬　目前　目下

⑫ 所　台所　出所　食事所　所属　所存　派出所　研究所（研究所）

⑬ 食べる　食べ物　食事所　食当たり　食いしん坊　立ち食い

⑭ 飲む　飲み物　飲み水　飲酒運転　飲食店

⑮ 男の人　男尊女卑　男女関係　男色（男色）　老若男女

第6課

練習題（一）

練習作文「海外にいる友達に誕生日プレゼントを郵送する」

（郵寄生日禮物給在海外的朋友）

（略）

練習題（二）

下面的單字請標示唸音：

① 白い　白　白雪姫　真っ白　白血病　白状　白内障
　 しろ　しろ　しらゆきひめ　まっしろ　はっけつびょう　はくじょう　はくないしょう

② 人数　中国人　人間　人工衛星　人口
　 にんずう　ちゅうごくじん　にんげん　じんこうえいせい　じんこう

③ 空　青空　空気　空地　空き部屋　空く　空ける　空っぽ
　 そら　あおぞら　くうき　あきち　あきべや　あく　あける　からっぽ

④ 立つ　立地　立派　役に立つ　役立つ　立脚点
　 たつ　りっち　りっぱ　やくにたつ　やくだつ　りっきゃくてん

⑤ 先生　先方　連絡先　得意先　勤務先　旅行先　出張先　先に失礼する
　 せんせい　せんぽう　れんらくさき　とくいさき　きんむさき　りょこうさき　しゅっちょうさき　さきにしつれいする

⑥ 済む　救済　返済　支払い済み　決算済み　返信済み
　 すむ　きゅうさい　へんさい　しはらいずみ　けっさんずみ　へんしんずみ

⑦ 迎える　送迎バス　歓迎　迎合
　 むかえる　そうげい　かんげい　げいごう

⑧ 最後　最高　最も　最寄り
　 さいご　さいこう　もっと　もより

⑨ 御中　御幸（御幸、御幸）　御返事　御案内　制御
　 おんちゅう　みゆき（ぎょこう、ごこう）　おへんじ　ごあんない　せいぎょ

⑩ 青　青二才　青天白日　真っ青　青葉
　 あお　あおにさい　せいてんはくじつ　まっさお　あおば

⑪ 添う　付き添い　添付　添加物
　 そう　つきそい　てんぷ　てんかぶつ

⑫ 試す　肝試し　試験　試みる　追試験
　 ためす　きもだめし　しけん　こころみる　ついしけん

⑬ 欠乏　欠席　欠かす　欠ける　欠陥　欠陥品
　 けつぼう　けっせき　かかす　かける　けっかん　けっかんひん

⑭ 生ビール　生き方　生け花　生気　生産　殺生
　 なま　いきかた　いけばな　せいき　せいさん　せっしょう

⑮ 天地　地球　生地　心地よい
　 てんち　ちきゅう　きじ　ここち

第7課

練習題（一）

練習作文「仕事が一つ増えた」（多了一件工作）
　　　　　しごと　ひと　ふ

（略）

下面的單字請標示唸音：

① 大<ruby>大<rt>おお</rt></ruby>きい　大<ruby><rt>おおめ</rt></ruby>目に　大<ruby><rt>おおつなみ</rt></ruby>津波　大<ruby><rt>おおどろぼう</rt></ruby>泥棒　大<ruby><rt>だいしょう</rt></ruby>小　大<ruby><rt>だい</rt></ruby>なり小<ruby><rt>しょう</rt></ruby>なり　大<ruby><rt>だいがく</rt></ruby>学

大<ruby><rt>おおじしん</rt></ruby>地震（大<ruby><rt>だいじしん</rt></ruby>地震）　大<ruby><rt>だいほうさく</rt></ruby>豊作　大<ruby><rt>おおよろこ</rt></ruby>喜び　大<ruby><rt>おおさわ</rt></ruby>騒ぎ　大<ruby><rt>だいどうしょうい</rt></ruby>同小異

② 少<ruby><rt>すく</rt></ruby>ない　少<ruby><rt>すくめ</rt></ruby>な目に　少<ruby><rt>すく</rt></ruby>なくとも　少<ruby><rt>すこ</rt></ruby>し　少<ruby><rt>すこ</rt></ruby>しも　少<ruby><rt>しょうりょう</rt></ruby>量　少<ruby><rt>しょうしか</rt></ruby>子化　少<ruby><rt>しょうにんずう</rt></ruby>人数

少<ruby><rt>しょうりょう</rt></ruby>量　少<ruby><rt>しょうすうみんぞく</rt></ruby>数民族

③ 一<ruby><rt>いちがつ</rt></ruby>月　お月<ruby><rt>つきさま</rt></ruby>様　一<ruby><rt>いっかげつ</rt></ruby>ヶ月　月<ruby><rt>げつようび</rt></ruby>曜日　月<ruby><rt>げっけい</rt></ruby>経　月<ruby><rt>つきひ</rt></ruby>日の経<ruby><rt>た</rt></ruby>つのが早<ruby><rt>はや</rt></ruby>い

④ 今<ruby><rt>いま</rt></ruby>　今<ruby><rt>きょう</rt></ruby>日（今<ruby><rt>こんにち</rt></ruby>日）　古<ruby><rt>ここん</rt></ruby>今　今<ruby><rt>こんじゃくものがたり</rt></ruby>昔物語　今<ruby><rt>いまかがみ</rt></ruby>鏡　今<ruby><rt>いまい</rt></ruby>井

⑤ 輪<ruby><rt>わ</rt></ruby>ゴム　平<ruby><rt>へいわ</rt></ruby>和の輪<ruby><rt>わ</rt></ruby>　車<ruby><rt>しゃりん</rt></ruby>輪　三<ruby><rt>さんりんしゃ</rt></ruby>輪車　五<ruby><rt>ごりん</rt></ruby>輪

⑥ 経<ruby><rt>へ</rt></ruby>る　お経<ruby><rt>きょう</rt></ruby>　経<ruby><rt>きょうてん</rt></ruby>典　経<ruby><rt>けいか</rt></ruby>過　経<ruby><rt>けいざい</rt></ruby>済

⑦ 筆<ruby><rt>ふで</rt></ruby>　毛<ruby><rt>もうひつ</rt></ruby>筆　執<ruby><rt>しっぴつ</rt></ruby>筆　鉛<ruby><rt>えんぴつ</rt></ruby>筆　鉛<ruby><rt>えんぴつばこ</rt></ruby>筆箱

⑧ 教<ruby><rt>きょうしつ</rt></ruby>室　教<ruby><rt>きょうかしょ</rt></ruby>科書　教<ruby><rt>きょうざい</rt></ruby>材　教<ruby><rt>おしご</rt></ruby>え子　教<ruby><rt>おしかた</rt></ruby>え方

⑨ 取<ruby><rt>と</rt></ruby>る　鳥<ruby><rt>とっとり</rt></ruby>取　取<ruby><rt>とざら</rt></ruby>り皿　取<ruby><rt>とばし</rt></ruby>り箸　取<ruby><rt>しゅざい</rt></ruby>材　取<ruby><rt>しゅとく</rt></ruby>得　詐<ruby><rt>さしゅ</rt></ruby>取

⑩ 平<ruby><rt>ひら</rt></ruby>（平<ruby><rt>たいら</rt></ruby>）　平<ruby><rt>へいきん</rt></ruby>均　平<ruby><rt>へいわ</rt></ruby>和　平<ruby><rt>たい</rt></ruby>らげる　平<ruby><rt>ひらしゃいん</rt></ruby>社員

⑪ 値<ruby><rt>ねだん</rt></ruby>段　値<ruby><rt>ねぎ</rt></ruby>切る　平<ruby><rt>へいきんち</rt></ruby>均値　偏<ruby><rt>へんさち</rt></ruby>差値　価<ruby><rt>かち</rt></ruby>値　値<ruby><rt>あたい</rt></ruby>する

⑫ 隠<ruby><rt>かく</rt></ruby>す　隠<ruby><rt>かく</rt></ruby>れる　隠<ruby><rt>いんぺい</rt></ruby>蔽　ご隠<ruby><rt>いんきょ</rt></ruby>居さま　隠<ruby><rt>かくぼう</rt></ruby>れん坊

⑬ 間<ruby><rt>あいだがら</rt></ruby>柄　間<ruby><rt>かんかく</rt></ruby>隔　あっという間<ruby><rt>ま</rt></ruby>に　居<ruby><rt>いま</rt></ruby>間　客<ruby><rt>きゃくま</rt></ruby>間

⑭ 清<ruby><rt>せいけつ</rt></ruby>潔　潔<ruby><rt>けっぺき</rt></ruby>癖　潔<ruby><rt>けっぱく</rt></ruby>白　潔<ruby><rt>いさぎよ</rt></ruby>い　潔<ruby><rt>いさぎよ</rt></ruby>く

⑮ お陰<ruby><rt>かげ</rt></ruby>　日<ruby><rt>ひかげ</rt></ruby>陰　人<ruby><rt>ひとかげ</rt></ruby>陰　陰<ruby><rt>かげぐち</rt></ruby>口　陰<ruby><rt>おんよう</rt></ruby>陽（陰<ruby><rt>いんよう</rt></ruby>陽）　陰<ruby><rt>おんみょうどう</rt></ruby>陽道　陰<ruby><rt>おんみょうじ</rt></ruby>陽師　陰<ruby><rt>いんせい</rt></ruby>性

第8課

練習題（一）

練習作文「十年後の友達への手紙」（十年後寄給朋友的一封信）

（略）

練習題（二）

1. 請選擇「お」或「ご」，正確填入括號之中。

　①（　お　）教え　／（　ご　）教示

　②（　お　）知らせ／（　ご　）通知

　③（　お　）導き　／（　ご　）指導

　④（　お　）答え　／（　ご　）回答

　⑤（　お　）伺い　／（　ご　）質問

　⑥（　お　）勤め　／（　ご　）勤務

　⑦（　お　）力添え／（　ご　）協力

　⑧（　お　）届け　／（　ご　）配達

2. 請將下面的語彙，分類成前面加「お」的群組、加「ご」的群組、不需要加
的群組等三個組別。

お＋語彙	嬢さん　手続き　礼　手料理　若い　美しい　綺麗　久しぶり 心遣い　上手　飲み物　食べ物　金　酒　車　気を付ける 風呂　店　真面目な　方　手紙　疲れ様　好き　嫌い 問い合わせ　手洗い　優しい　安い　顔　耳　腹　尻　勤め人 味噌　味噌汁　椅子　机　米　冷や　節料理　匙　寒さ 釜　淋しい
ご＋語彙	隠居さん　兄弟　介護　申請　専門　質問　計画　年配　立派 丁寧　注意　申覆　審議　都合　提出　苦労　担当　奉仕品 会場　飯　褒美
不加「お」 或「ご」	エレベーター　焼き肉のたれ　ドレッシング　美味しい コップ　じゃがいも　にんにく　しょうが　カレーライス 押し入れ　応接間　釜飯　茶碗蒸し

第9課

練習題（一）

練習作文「結婚のお知らせ」（結婚通知）

（略）

練習題（二）

1. 用爬階梯的方式來思考「言う」的敬語說法，並填滿空格。

2. 用爬階梯的方式來思考「来る」的敬語說法，並填滿空格。

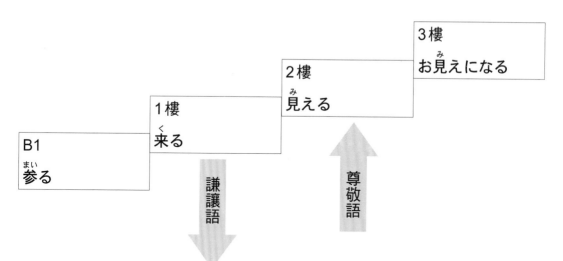

3. 用爬階梯的方式來思考「食（た）べる」的敬語說法，並填滿空格。

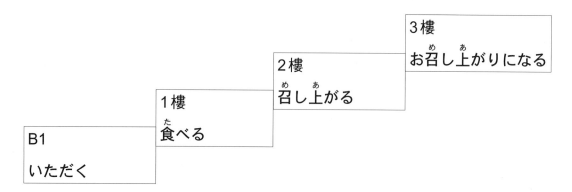

3樓
お召（め）し上（あ）がりになる

2樓
召（め）し上（あ）がる

1樓
食（た）べる

B1
いただく

4. 用爬階梯的方式來思考「勤務（きんむ）している」的多層次的敬語表達方式，並填滿空格。

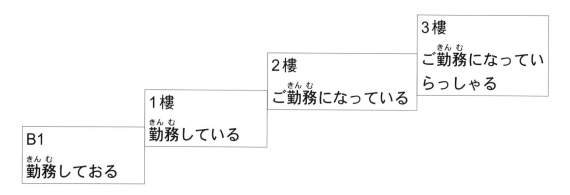

3樓
ご勤務（きんむ）になっていらっしゃる

2樓
ご勤務（きんむ）になっている

1樓
勤務（きんむ）している

B1
勤務（きんむ）しておる

📖 **第10課**

練習題（一）

練習作文「メールで注文（ちゅうもん）したいスマートフォンについて問（と）い合（あ）わる」

（用電子郵件詢問想訂購的智慧型手機）

（略）

練習題（二）

1. 請填入適當詞句，讓句型的意思更加完整。

① 同じことを何回言ったら気が済む（　か　）、教えてほしい。

② あの萌え系のアイドルが結婚している（　かどうかは　）分からない。

③ あのイケメンの男の子は、決してプレイボーイ（　ではない　）。

④ 一人でするゲームは、必ずしも面白いもの（　ではない　）。

⑤ どれだけ頑張って（　も　）、一位にはなれないよ。

⑥ たとえ目を向けてくれ（　なくても　）、側で彼女を見守り続けたい。

⑦ 多分このぐらいのことは誰でも知っている（　だろう　）。

⑧ 高級車が必ずしも運転しやすいとは、限ら（　ない　）。

⑨ どれほど健康に注意して（　も　）、暴飲暴食していたら意味がない。

⑩ 話しを全然聞いてくれ（　ない　）から、困る。

⑪ 猫を被った香さんは、結婚した途端、まるで天使から悪魔に変わった

（　よう　）である。

⑫ 一見、女性の（　よう　）だが、実は男性である。

⑬ どのようにすれば、事件がうまく解決する（　か　）、教えて下さい。

⑭ この店にある鞄はいかにも（　高そう　）に見える。

⑮ まさか、敵が夜中に攻めてくる事は（　ないだろう　）。

2. 請填上下面句型中出現的「中」的唸音。

① この店は、年中無休である。

② ご多忙中、恐れ入りますが、……。

③ お忙しい中よくお越しいただき、誠にありがとうございます。

④ 暑中御見舞い申し上げます。

⑤ お父さんは休憩中だから、静かにしていなさい。

⑥ 仕事中の私語は、絶対に禁止だ。

⑦ 会議中のため、関係者以外の立ち入りはご遠慮いただきます。

⑧ お話し中、失礼とは存じますが、急用のお客様がお見えです。

⑨ 運転中、余所見をしてはいけない。

⑩ 一日中、何も食べていない。

⑪ 薬物アレルギーを起こしていて、体中が痒い。

⑫ 審査中の人事案のため、外部からの口添えは許されない。

⑬ 勉強中のお兄さんを邪魔しては駄目だよ。

⑭ 病気になったので、禁煙中である。

⑮ バーゲン中の売り上げは、普段の二、三倍になる。

⑯ 家中、変な匂いがしている。何か腐っているのかしら。

⑰ 散歩中、野良犬を一匹拾ってしまった。

⑱ 在学中、大変お世話になりました。

⑲ 交渉中なので、口を下手に出さない方がいい。

⑳ 大人数が密室に集まったので、空気中の酸素が少なくなってきた。

索 引

參考書目

中文

佐藤政光・田中幸子・戶村佳代・池上摩希子（2005）《表現主題別日本語作文的方法改訂版》鴻儒堂出版社

黃朝茂（2008）《新編現代日語語法大綱》致良出版社

榊原千鶴・宮地朝子・北村雅則・蔡佩青（2009）《日本語寫作力專門塾》眾文圖書公司

日文

大石初太郎（初1986・1993）『敬語』筑摩書房

松村明編（初1988・1989）『大辞林』三省堂

梅棹忠夫・金田一春彦・阪倉篤義・日野原重明監修（1989）『講談社カラー版日本語大辞典』講談社

森田良行・松木正恵（初1989・1992）『日本語表現文型』アルク

砂川有里子代表編著（1998）『日本語文型辞典』くろしお出版

吉田妙子編著（初1999・2000）『たのしい日本語作文教室Ⅰ文法総まとめ』大新書局

吉田妙子編著（2000）『たのしい日本語作文教室Ⅱ文法総まとめ』大新書局

倉八順子（2012）『日本語表現の教室中級－語彙と表現と作文』致良出版社

國家圖書館出版品預行編目資料

一點就通！我的第一堂日語作文課 / 曾秋桂、落合由治著
--初版--臺北市：瑞蘭國際,2012.09
288面；19 x 26公分 --（日語學習系列；14）
ISBN：978-986-5953-11-9
1.日語 2.作文 3.寫作法

803.17   101016730

日語學習系列 14

一點就通！
我的第一堂日語作文課

作者｜曾秋桂、落合由治 · 責任編輯｜葉仲芸、こんどうともこ、王愿琦

封面、版型設計｜余佳憓 · 內文排版｜帛格有限公司、余佳憓
校對｜曾秋桂、落合由治、葉仲芸、こんどうともこ、王愿琦 · 印務｜王彥萍

董事長｜張暖彗 · 社長｜王愿琦 · 總編輯｜こんどうともこ · 副總編輯｜呂依臻
副主編｜葉仲芸 · 編輯｜周羽恩 · 美術編輯｜余佳憓
企畫部主任｜王彥萍 · 網路行銷、客服｜楊米琪

出版社｜瑞蘭國際有限公司 · 地址｜台北市大安區安和路一段104號7樓之1
電話｜(02)2700-4625 · 傳真｜(02)2700-4622 · 訂購專線｜(02)2700-4625
劃撥帳號｜19914152 瑞蘭國際有限公司 · 瑞蘭網路書城｜www.genki-japan.com.tw

總經銷｜聯合發行股份有限公司 · 電話｜(02)2917-8022、2917-8042
傳真｜(02)2915-6275、2915-7212 · 印刷｜宗祐印刷有限公司
出版日期｜2012年09月初版1刷 · 定價｜350元 · ISBN｜978-986-5953-11-9

瑞蘭國際

瑞蘭國際

瑞蘭國際